僕は何度でも、
きみに初めての恋をする。

沖田 円

STARTS
スターツ出版株式会社

たった一日の記憶の中にどれだけの思いを残せるだろう。
どれだけ言えば伝わるだろう。

この世界に、きみがいる。
たったそれだけのことが、泣きたいくらいに嬉しいってこと。
だから、さよならしたって大丈夫。
何度でもまた、出会えばいいだけ。

contents

僕は何度でも、きみに初めての恋をする。

Prologue

きみに出会ったのはいつだっただろう。なんて、自分に聞くまでもなくはっきりと憶《おぼ》えている。

空の色だって、風の匂いだって。ふわりと笑う、きみの顔だって、全部。

小さな頃に、大好きな人たちの隣《となり》で、必死に手を伸ばしたあの星空みたいに、きみが見せてくれた世界は何より眩《まぶ》しく輝いてた。

世界はすべてが美しい。そんな綺麗《きれい》事、今もわたしは思ってないけど。

でも、もしも、きみと同じ景色が見られるようになった今、その綺麗事を、本当のことだと信じるのなら、きっと、わたしの世界は、きみと出会ってはじまった。

I

Primrose

それは光のはじまり

衣替え前の夏服のブラウスはあんまり風通しがよくなくて湿った肌によくくっつく。ローファーの先が古いマンホールを踏んで、頭の上では小さな飛行機が雲を引きつれて飛んでいった。

授業が終わってから学校をすぐに出たのに、気付けばもう5時前だ。随分《ずいぶん》遠くに来ちゃったんだなあって、いつの間にか辿《たど》りついていたあまり馴染《なじ》みのない景色を眺《なが》めて思った。

帰り道を変えたのは、本当にただの気まぐれ。ほとんど一本で繋《つな》がっているような学校から家までの道をふたつめの交差点で右折したのは、別に何か目的があってのことじゃなかった。

いつもどおり6時間目までで終わった学校。部活も補習も、他の予定だってひとつもないから、カバンを背負って向かう場所はたったひとつしかないはずなのに。

普段は滅多《めった》に来ない街の東の駅の前。この街で一番新しいその駅のそばは、新興《しんこう》住宅地の建設に併《あわ》せて造られたお洒落《しゃれ》な商店街が売りの賑《にぎ》やかで活気のある場所だ。車も人も多い大通り。いろんな物や音で溢《あふ》れ返る場所。それに沿って歩いてみるけれど、なんとなく、居心地の悪さに足の進みが遅くなる。

帰宅ラッシュの騒《さわ》がしい時間帯だ。どんどん人波は増していく。それを避けるようにして折れた緩《ゆる》やかな坂になった脇《わき》道の先で、広い、噴水のある静かな公園に辿り着いた。

噴水は、下のほうにあんまり綺麗じゃない水が溜まっているだけで水を噴《ふ》いてはいなかった。枯れかけて落ちた葉っぱが、ふよふよと円形の水の中をつまらなそうに泳いでいるだけ。

通りがかった野良猫の走り去るお尻を見送りながら、わたしは噴水の縁《ふち》に座って疲れた足を休ませた。

思った以上に歩いてしまった。でも、いい時間つぶしにはなったと思う。

息をついて、それから頭の上の空を見上げてみる。いつの間にか色は不思議なグラデーションカラーだ。オレンジと、水色と、藍《あい》色の変な組み合わせ。そのうちあっという間に真っ暗になって、今日が終わって明日になるんだろう。

変わらない毎日。勝手に過ぎていく毎日。意味のない毎日。嫌なことだけが積み重なって繋がっていく。

空を見上げるのが癖《くせ》だった。空を見て、何かを思うわけじゃないけれど。ただ、汚いものばかりの中で、空だけは澄《す》んで透明だから、見ていると落ち着いていろんなことを忘れられる。

心臓の奥がぎゅっと苦しくなったりするとき、わたしはそうして空を見上げた。からっぽにすると楽だった。

頭の中とか、胸のところとか、ごちゃごちゃしたものを全部捨ててしまって、なんにも考えずに時間だけを過ぎさせる。この景色だけを見て、他には何も感じずにいられたらって、いつも、いつもそれだけを思った。

気付くのが遅かったのは、そうして頭を空っぽにしていたせいだ。

遠くの雑踏《ざっとう》、車のエンジン音、電車の車輪とブレーキの音。いろんな音が響いていて、でも、そのどれもが意識の外で鳴っていた、静かなわたしの中。

そこにふいに聞こえた、ひとつの音。

――カシャ。

短く乾いた小さな響きだった。頭の隅《すみ》に届いた、異質だけど、空気にすっと馴染む音。それは少しの間を空けながら何度もリズムよく鳴り響く。

――カシャ、カシャ、カシャ。

空は、少しオレンジが広がっていた。真上を鳩《はと》が二羽翔《か》けて、それと一緒にまた音が鳴る。

――カシャ。

すうっと息を吸って視線を前に戻した。賑やかな商店街と静かな公園とを隔《へだ》てる大きな楓《かえで》。そして、それを背《せ》にしてそこに立つ、真っ黒なカメラを掲《かか》げる男の子。わたしが真っ直ぐに向き合うと、もう一度カシャリと音が鳴った。

一瞬、空を見上げるときとはまた違った意味で思考が止まって、わたしは丸く、不思議な群青《ぐんじょう》色に光るレンズと、しばらく見つめ合っていた。

しん、ととても長く、でも本当はほんのわずかな時間が過ぎて。

誰。何。と真っ白な頭に疑問が過《よ》ぎった頃に、その人の、顔の前に掲げられていたカメラが下ろされた。

こてんと首を傾《かし》げる動作で、ふわりと茶色い髪が揺《ゆ》れた。子犬みたいな、柔らかな表情の人だった。

きっとわたしと正反対の。ああ、綺麗な人だなあって。何を見ても思わなかった、そんな単純なことを、思った。

「はじめまして、こんにちは」

少し低い、でも耳触《みみざわ》りのいい声だ。その人は人懐《なつ》こそうな顔でわたしに笑って、自然に離れた距離を詰めてくる。わたしはその場に座ったまま、返事なんてしないまま、ただ、ゆっくりと近くなる、その人を見上げていた。

そんなに高くない背と柔らかな顔つきから、中学生かと思ったけれど、近くで見ればわたしと同じくらいの歳に見えた。たぶん同じ、高校生だろう。私服でいるけど、大学生とか社会人にはさすがにちょっと見えない。

「ねえ、僕はハナ」

わたしをちょうど見下ろすような場所に立ったところで、その人がすっと右手を伸ばす。

「きみは？」

上を向いた手のひら。ハナ、と名乗ったその人は、わたしに向かって、それを差し出した。

少しだけ風が吹いていた。あんまり綺麗じゃない空気の混ざった生温かい風。目に見えはしないのに、でも、どろどろと淀《よど》んでいるような汚れた空気の流れ。

いつだってそうだ。息をするのも嫌なくらい、常に世界は汚いもので溢れてる。

でも、なんでだろう。

不思議と今このときだけは、きみのそばに吹くそれだけは確かに、限りなく透明な風。

「……セイ」

なんで答えたのかは自分でもよくわからない。少し色素の薄い瞳をじっと見上げたまま、向けられた手のひらに、自分のを重ねたりはしなかったけれど。

きっと質問には答えなくてもよかった。名前なんて教える必要ないし。でも何を考えるでもなく呟《つぶや》いてしまっていた、わたしの名前。

「セイちゃん。うん、憶えておけたらいいな。よろしくね」

空のままの手が下ろされて、代わりにその人――ハナ、と呼べばいいのかな――が、ふわりと花が開くみたいに笑った。

セイちゃん、と、もう一度わたしの名前を独り言みたいに呟いたのは、まるで刻《きざ》み込むような静かな声。

「ねえ、きみ、何。わたしに何か用？」

憶えておけたらいいな、なんて。自分から聞いておいて忘れること前提で言ってるし。なんなんだろ、この人。

「写真撮るの、邪魔《じゃま》なようならここ退《の》くけど」

「あ、違う違う。そういうんじゃないんだ。いいよ、ここにいて」

わたしが眉《まゆ》を寄せたら、ハナは反対にちょっと上げた。もちろん口元は微笑んだまま。わたしとは、真逆の表情だ。

「今ね、きみの写真を撮らせてもらってたんだよね。だからごめん、声もかけちゃったんだけど」

「写真？　あれ、やっぱりわたしを撮ってたんだ」

「うん、そう。そのことを言おうと思ってね」

「隣いい？」と言うハナに、曖昧《あいまい》に頷《うなず》くと、ハナは少しだけ距離を空けて噴水の縁に座った。ゆっくりと腰《こし》掛ける動作は男の子の癖に妙に上品で、育ちがいいのかなあ、なんてどうでもいいことを思った。

初対面の人と話すのはそんなに得意なほうじゃない。学校でだってあんまり積極的に人と絡まないし、特別仲のいい友達がいるわけでも、分け隔てなく誰とでも仲良く話せるタイプでもない。ぽつんと教室でひとり浮いている、ってわけじゃないけれど、他の子たちみたいに休み時間中にわいわい喋《しゃべ》ったり、放課後誰かと遊びに行ったりっていうのはわたしにはあまり縁《えん》のないことだった。

特に、春に高校に上がってからはなおさら熱心に友達づきあいはしなくなった。ただそれには、元々の性格以外の理由もあったりするんだけれど。

それなのに今はこの人の人懐こい雰囲気に、離れるタイミングを逃してしまったみたいだ。人に嫌な気を与える前に距離を詰めるのが上手な人ってたまにいる。なんだか、この人はそんな感じ。あまりにもわたしと真逆すぎて、それがはっきり、よくわかる。

「…………」

少し薄暗くなってきた景色の中、でも隣にあるその横顔がなぜだか妙に眩しく見えて、わたしは軽く目を細めた。

ハナが笑っているみたいに言う。

「不思議な色してたでしょう」

ハナは、さっきまでわたしがしていたみたいに空を見上げていた。つられて上を向くと、より一層オレンジが濃く広く、ついでに藍色の部分もちょっと深くなっている。

「綺麗だなあと思って写真を撮っていたら、僕と同じように同じ場所を見上げてる子がいてね。でも、なんだか、僕とは違うような気持ちで見てるみたいな顔してたから、ちょっと興味を持って」

「その子って、わたしのことだよね」

「まあ、そうなんだけどね」

ハナの視線がわたしに向く。

そんなふうにさっきもファインダーを向けて、そうしたらこっちを見たから、ついシャッターを切った、ということらしい。

「そういうのってさ、撮る前に許可取ったほうがいいと思うんだけど」

「あ、嫌だった？」

「わたしが嫌なわけじゃなくて、普通、そういうもんでしょ」

「そう、だからごめんね。怒らないでいてくれたセイちゃんってすごくいい人だ」

「怒る暇《ひま》もなかったんだけどね」

「うん、撮らせてくれてありがとう」

まるで謝《あやま》っているとは思えないような顔つきに、わざとらしく溜《た》め息をついてみたけれど、それでもハナは笑ったまま。だから今度はわざとじゃなく、本当に呆《あき》れて息を吐く。なんだか変な人だな。見たことのない空気を、持っている人。

「写真撮るの、好きなの？」

話し込むつもりはなかったけれど、このタイミングで離れるのも今さらだなと思って、膝《ひざ》の上でちょこんと座っているカメラを指差してみた。

ハナの膝の上のカメラは、いわゆる一眼レフってやつだろうか、なんだかとっても立派で高そうに見える。近所の桜の名所で、春になるとどこからともなく現れるおじさんたちが、似たようなカメラで一日中花を撮っているのを毎年見かけていた。わたしには到底理解できないけれど、いい写真を撮るために、いろいろとこだわりがあるものらしい。

「そのカメラ高いんでしょ」

「さあ、どうなのかな」

「きみのじゃないの？」

「僕のだけど、わかんないや。それに写真撮るのも、好きって言われるとどうだろ。嫌いなわけじゃないんだけどね」

ハナがさっとカメラを構《かま》えてわたしに向ける。カシャ、とシャッターが切られる前に、わたしはファインダー内からすばやく逃げる。

そう何度も易々と撮られてなるものか。

身を屈《かが》めたわたしを、ハナは笑って見下ろしている。

「嫌いじゃないって程度なら、何を熱心に撮ってんの？　そういう仕事？」

「ううん、ただの趣味。自分で撮って、自分で見るだけ」

「何それ。好きじゃないのに撮るのが趣味なの？　意味わかんない」

「撮るのが趣味なわけじゃないよ。撮った写真を、見たいだけなんだ」

姿勢を戻したわたしの横で、ハナがレンズを空に向けた。

オレンジから、深い青に色を移していく空。ところどころ濃くなるところは薄く広がる雲だろうか。

それをハナが、カシャリとフィルムに焼き付ける。

「写真を撮ることよりも、撮りたいと思うものを見つけるのが楽しい。それから、ずっと後になっても、それを残しておけることも」

ハナは呟いて、それからふいにカメラを離したかと思うと、そのままわたしの手を取った。

「ねえセイちゃん、来て」

「は？」

ぎょっとするわたしになんて気付かず、立ち上がってずんずんと進んでいく背中に、ほとんど無理やり引っ張られながらその後ろを追っていく。

「ちょっと、何、どこ行くの」

「いいから来て」

「はあ?」

痛いくらいじゃないけれど、ハナの手は、わたしのそれをぎゅっと握って離さない。振りほどこうと思えば振りほどけたかもしれないけれど、でもそうはしないで、重たい足を嫌々ながらも前に出す。

ああ、なんか、変な人に掴《つか》まった。

溜め息を呑《の》んで顔を上げると、ひょこひょこと揺れる髪が、自分の目線よりも少し高いところにあった。見慣れない後ろ姿。声だって聞き慣れない。

当然だ、まったく知らない人だから。

握られた手。自分のものとは違う温もりが、少し懐かしくて、指先が震える。

「ねえ、どこまで行くの」

「もうちょっと。ここの上だよ」

そのうち石畳《だたみ》がなくなって、芝生《しばふ》が生えそろった場所に来た。緩やかな坂が続いていて小高い丘みたいにこんもりと盛り上がっている。遊具もベンチもなく、あるのは本当に芝とその小さな丘だけ。場所が余ったから作ってみた、って言われても納得できる場所だ。おかげでさっきいた噴水のところよりもずっと人が少ない。というか、わたしたち以外誰もいない。

「さあ、頂上だ」

その丘にずんずんとのぼって、一番上でトン、と足をそろえて立つと、ハナは振り返って声を上げげた。わたしの最後の一歩でぐっと手を引いてその隣に立たせてくれる。

「ほら見てセイちゃん。ここからの景色、僕好きなんだ」

空に向かう右手。少しだけ切れた息を整えながら、真っ直ぐに伸ばされたその腕《うで》の先を目で追いかける。そして、深く吸った息をほんのわずかに止めた。

夕焼けに照らされた、街の風景だった。

さっきまでいた噴水の広場。楓の向こうに商店街と駅、それから、暮れていく大きな太陽。今まで見ていたものよりも空が少しだけ近くて、手を伸ばせば届きそうな場所にあった。一面がオレンジに塗られた、ありふれた街の一瞬の景色。

「さっきよりも綺麗だなあ、いいタイミングでさ、来られたみたいだね」

そして、「セイちゃんの日頃の行いがいいからかな」なんて、ハナは、わたしのことを知らないくせに知ったような口ぶりで言う。

電車の音が遠くで聞こえる。どこにでもある街並みの、今の瞬間に切り取られた、たった一瞬の風景。

いつもと同じ空と、いつもと同じ音、色、匂い。知らずくちびるを噛《か》んで、ぎゅっと手のひらを握りしめる。

「きっとなんてことない光景なんだろうね。でも」

高く舞った楓の葉っぱが、目の前をひらりと通っていった。ハナがカメラを構える。

カシャリ、とひとつ乾いた音。

「綺麗だと思うから憶えておきたい。だから僕は写真を撮るんだ。綺麗だと思ったものを憶えておくために。今この瞬間に見たものを、この先もずっとね」

少し、風が冷たくなってきた。

まだ夕暮れ時といえるけど、でもだんだんと夜の近づく静かな空気。それをゆっくりと吸い込んで、吐き出しながら、ハナのカメラと同じものを見る。

綺麗だと思ったもの。だとしたらこの景色も、さっきの空も、全部。ハナにはこの全部が綺麗に見えたんだろうか。なんにもない、空っぽで、でも汚れたこんな世界。忘れて消し去ってしまいたいものだらけの、こんな、何も、美しくなんてないこの場所が。

「綺麗なものなんて、どこにもないのに」

ハナが、こっちを向いたのがわかった。でもわたしは振り向かないで、遠くの空を、見上げたまま。てっぺんだけを残した日が、妙に眩しくて目に染みた。

少しだけ瞼《まぶた》を下ろして、ぼんやりと霞《かす》む視界の中で、あやふやな輪郭《りんかく》の光を見つめている。

「なんにも綺麗じゃないよ。世界は綺麗だなんて、誰が言ったか知らないけどさ、そんなの、それこそただの綺麗事じゃんか。憶えておきたいくらいのものが、こんな場所のどこにあるわけ？　わたしには見えないよ。忘れてしまいたいものだらけ。だっていつだって、どこでだって、こんな世界、汚れたものしかないんだから」

ああ、馬鹿みたいだな、と、言いながら、自分で思った。

何してるんだろうわたし。こんな、出会ったばかりの知らない人に、とんでもなくくだらない思いを一方的に吐き出して。

視線を手元に落としてみれば、きっと何も掴めない心許《もと》ない、手のひらが見える。両方の手のひら。再びそれをぎゅっと握りしめて、いつかの温もりを思い出す。

――カシャ。

また、聞こえた。耳元で。油断した。

横を向くと案の定、カメラを構えたハナがいる。

「……あのさ、さすがに怒るけど」

「いいよ。怒ったって、僕は僕の残したいものは意地でも残すって決めてるけど」

は？　とわたしが言い返す前に、ハナはひらりと体を返して、わたしと正面で向き合った。

　ただ一歩、前に出て振り返っただけの短い動作。だけどまるで踊《おど》っているみたいに楽しげで、なんだか不思議と見惚《ほ》れてしまった。

　消えそうな夕焼けを背負ってハナが右手を空に向ける。もうそこに光はないのに、それでも眩しそうに目を細める。

「セイちゃんの言ったことはね、間違いじゃないのかもしれない。でもね、僕は違うんだよ。僕の見る世界にはちゃんと、綺麗なものが確かにある。この空もそう。気持ちよさそうに飛んでた鳥もそう。あとは何だったかな、今日は小さな白い花を見たよ。熊みたいに大きい犬とか生まれたての赤ちゃんも見た。全部残したいって思ったよ。憶えていたいと思った。とても綺麗だから。大切だから。だから僕は憶えておくんだ。ねえ、セイちゃん、僕はね」

　ハナが、わたしを見た。髪と同じで色素の薄い瞳は、今は影になっていてとても暗いのに、だけどどこまでも透明な、そんな気がした。

「きみのことも、憶えていたいと思ったんだ」

　こてんと、傾げた首と一緒に、長い前髪が斜《なな》めに揺れる。

「綺麗だったから。僕と同じものを見ていた女の子。僕が見ていたセイちゃんはね、すごく綺麗だったよ」

そうしてやっぱり、ハナは笑う。

「何、言ってんの」

バッと目を逸《そ》らした。見ていられなかった。だって馬鹿みたい、何を言ってるの、そんなこと。

「言ってたじゃん、ハナも。同じものを見てはいたけど違う気持ちで見てたみたいだって。それ当たってるよ。ハナは綺麗だと思って空を見てたけど、わたしはそんなこと考えてなかった」

「うん」

「わたしは何にも考えたくないときに空を見るんだよ。いろんな嫌なことを全部、忘れたいときに」

ハナみたいに、そういう綺麗な思いでわたしは空を見てなんかいなかった。

忘れたい、失くしたい。なのにいつでもぐるぐると駆け巡《めぐ》っている。そんなものばかりが、頭の中で胸の奥で。すごく汚い嫌な思い。

「うん、そっか」

ぽつりと聞こえた声、それから、わたしの俯《うつむ》いた視界に見えた姿。

わたしを見下ろしていたはずのハナが、目線を合わせるみたいにして屈んでわたしを覗《のぞ》き込んでいた。

「なるほど。セイちゃんは大変なのか。困ったね」

顎《あご》に手をついて、眉を寄せて、なんだか少し渋い表情で。首を傾げて「うーん」と、本当に困っている顔をして。

「手伝ってあげたいけど、なかなか難しい」

「えっと、大変って、いうか……」

呆気《あっけ》にとられた。そんな言葉が、返ってくるなんて思わなかったから。

優しい言葉を欲しがったわけじゃない。妙に気を遣われるのは嫌だから馬鹿にしてくれるくらいで丁度《ちょうど》良かったのに。

初めて言われた、そんなこと。手伝ってあげたい、とか。大変、とか。宿題を溜め込んでるわけじゃないんだし、ふつうはそんな言葉を選びはしないのに。

だけど、なんだろうな、その言葉。どんなに気を遣った丁寧な言葉よりずっと楽な心で受け取れる。間が抜けてるからかな。言われたらフッと、空気が抜けちゃうような。よくわからないけど、なんだろう、なんか……なんか、変な感じ。

「セイちゃんはさ、きっと、僕には及びもしないようないろんなこと、いつも必死で考えてるんだね」

ハナがもう一度立ち上がる。

そして、もうすぐ星が光り出す、半透明の空を見上げる。

「苦しいことがちょっと多いのかな。そういう顔してた。でも、そういう思いばっかり駆け巡ってるからってさ、セイちゃんに綺麗な世界が見えないからってさ。セイちゃん自身が綺麗じゃないとは限らないんじゃない？」

ハナの声は歌うみたいだ。心地良く響いて、拒否できなくて、温かくて、揺るぎない。

「きみは綺麗だよ。きみが知らなくても、僕が知っててあげる」

瞳がわたしと向かい合う。真っ直ぐに、柔らかく包んで捉《とら》えるように。

何を、言ってるんだ。わたしのことなんて何も知らないくせに。勝手なことを言って。恥ずかしいことを恥ずかしげもなく。わたしが綺麗？　そんなわけない。この世界、綺麗なものなんてひとつもなくて、わたしだって例外じゃなくて。いつだってどろどろしててぐちゃぐちゃで、誰にだって、優しくできない。

こんな、わたし。

「……帰る」

「ん？」

「もう、暗くなるから帰る」

肩《かた》からずり落ちていたカバンを背負い直した。

ハナはちょっと驚いた顔をして、でもすぐに「そうだね」と表情を戻す。ふわりとした、わたしと違う柔らかな表情。

「じゃあ僕も帰ろ」

「家、近いの？」

「ん、そんなに遠くないよ。セイちゃんは？」

「……わたしも、遠くない」

嘘だ。結構距離はあるんだけど、送ってく、なんて言い出したら困るから。

ハナが「そっか」と呟いて、長いカメラの紐《ひも》を斜めにして肩に掛ける。

「今日はありがとう。気を付けてね」

「うん」

「変なおじさんについてっちゃだめだよ」

「ついてかないって」

「横断歩道は信号を見て渡ってね」

「わかってるって。じゃあね」

チカチカと光り出す街灯。太陽よりもずっと眩しいそれを目指して、視線を地面に落としながら、坂道の芝生をしくしくと踏んだ。

「セイちゃん」

背中から聞こえた声。

「ねえ、明日も会えるかな」

最後に一度だけ、振り返る。

「さあ」

それだけを答えた。ロクな返事じゃなかったけど、ハナは嬉しそうに笑っていた。

わたしは遠くて暗い道のりを、少し遅いペースで歩いて帰った。街灯の減ったところで顔を上げてみたら、すっかり暗くなった空に、小さいけど真っ白な星が、いくつか浮かんでいた。

そっと手を伸ばしてみる。掴めるはずもない。宙で、ぎゅっと手を握って、それから腕を下ろした。掴みそこなった小さな星は、今もそこで、光っていた。

II

Lycoris

虹の下でもう一度

家に帰るのが嫌になったのはいつからだったっけ。よく見知った街並みを見るたびに足が重くなって、心臓がなんだかやけに痛くなる。

一階の遮光《しゃこう》カーテンの隙間から灯りが点《つ》いているのが見える。ケータイで時間を確認してみた。今ならまだ、お父さんは帰っていない時間だ。

ドアを開ける前にひとつだけ呼吸をしてノブを回した。明るい玄関と、その先に続く廊下《ろうか》にリビングの灯りが漏《も》れていた。

「……ただいま」

ぼそりと呟いて、廊下をゆっくりと進む。ミシ、と床が軋《きし》んで「星《せい》?」とリビングから声が聞こえた。

「帰ったの?」

「うん……ただいま」

「おかえり」

覗くと、ソファに座っていたお母さんが微笑んだ。だからわたしもどうにかして、笑顔を作って浮かべてみせる。

難しい、笑うのが。たぶん、家に帰るのが嫌になったのと同じ頃に、お母さんとお父さんに、自然な笑顔の見せ方が、わからなくなったんだと思う。

「ごはんあるけど、食べる?」

「ううん、いらない。ごめんね。もうシャワー浴びて寝るから」

「そう……温かくして寝なさいね」

「うん」

わたしは「おやすみ」と言って、その場を離れた。視線を逸らす瞬間、お母さんの笑顔が少し崩《くず》れていたのを見て、お母さんもわたしに笑いかけるのが難しいのかなって思った。

前は、こんなふうじゃなかったんだけど。ごはんはいつもみんな一緒に食べていたし、会話だって尽きることがなかった。お母さんもお父さんも大きな声で笑うし、それを見るとわたしも嬉しくて笑った。

お母さんは、ちょっと髪に白髪が多くなった。お父さんは、帰ってくるのが遅くなった。わたしは家に帰るのが嫌で、でもどこかへ行くこともできなくて。いつも逃げるみたいにして部屋に籠《こ》もって、ベッドの中でうずくまっていた。

今日もいつもみたいにそうしていたら、そのうち、耳障りな叫び声が聞こえてきた。扉を閉めても毛布をかぶっても消えないから、丸まって、できるだけ小さくなって、それからきつく、痛いくらいにくちびるを噛んだ。

ああ、うっとうしい。何もかもこんなふうなら消えちゃえばいいのに。全部全部、いらない思いは全部、ゴミみたいにして綺麗さっぱり、消えてなくなっちゃえばいいのに。

『きみは綺麗だよ』

――ドクンと、小さく心臓が鳴った。

今日聞いた聞き慣れない声が、頭の中に響いてぐるぐる渦巻く。

いつもと変わらない吐き気がするような思いの他に、なんだか違うものもずっと胸につかえていた。

それは決して心地良いものじゃなくて、でも、一緒に感じている不快なものとも全然違って、言葉にするのは難しいけど、どうしてか、頭の奥のほうから涙が溢れてきそうになる、そういう感覚。

不快じゃない、嫌じゃない、気持ち悪くない、でも。その気持ちがあるせいで、いつも以上に余計に心の奥が苦しくなった。


昨日の晴天が嘘みたいにどしゃ降りの今日。

教室の大きな窓一面に打ち付ける強い雨粒は、ひとつひとつがライフル銃《じゅう》の弾《たま》みたいに、するどく正確に窓際のわたしを狙《ねら》ってくる。

そのうちこの窓割れちゃうんじゃないかなって。そんなことだって本気で思えるくらいに勢いはすごくて、雨粒の攻撃のうるささで先生の声だってロクに聞こえはしない。昼間なのに空は重たく黒くて、校庭は海みたいにうねうね波をつくっている。

明日まで続くらしいこの雨は、ニュースで話題になるくらいの珍しい大雨だ。かといって風はあんまり強くないから学校はいつも通りにはじまっていて、生徒の文句がいたるところで聞こえている。

お昼休みが終わった後の授業中。

降り止むどころかどんどん強さを増す雨を眺めて、まるでこの世の終わりみたいだなと思っていた。分厚い雲に覆《おお》われた空はなんとも不気味だし、勢いよく降る滝のような雨は、世界中をうねって、流してしまいそうな感じだ。

こんなのでも、あの人は、綺麗だって言うのかなあ。と、考えたのが先で、それから、昨日会った人のことを思い出した。

なんだか不思議な人だった。世界が、わたしすらも、綺麗に見えているらしい人。

『ねえ、明日も会えるかな』

そんなことを、言っていた。うん、とは答えなかった。会おうとも、会わないとも、決めてなんかいなかった。

でも。どしゃ降りの大雨。朝よりもずっと勢いを増しているその中に、一歩足を踏み入れることすら煩《わずら》わしいこんな日に、わざわざ公園に行く人なんて一体どこにいるんだろう。きっとあの人も、今日はいない。星の数みたいな雨が降り続ける空に、なんとなく、息をつく。

6時間目の授業が終わって、放課後。大雨で休みになった部活も多いみたいで、いつもはすぐに人がいなくなる教室はまだ随分賑やかだった。みんな楽しそうに友達と話をしている。でもわたしはその輪の中には入らずに、さっさと帰ろうと席を立った。

「倉沢さん」

そのときふと呼ばれて振り向いた。呼んだのは同じクラスの三浦さんだった。

三浦さんとは仲が悪いわけじゃないし、嫌いでももちろんないけれど、そんなによく話すわけでもないからこうやって声を掛けられるのは珍しい。

ただ、どちらかというと三浦さんは、ハナと似たようなタイプだ。相手を問わずに仲良くなれるっていうか。三浦さんはハナと違って、問答無用《もんどうむよう》に距離を詰めてきたりはしないけど。

「吉本先生が課題、早く提出しろって」

「ああ、うん、ありがとう。今から出しに行く」

「珍しいよね、倉沢さんが課題忘れるなんてさ。なんか、そういうとこ真面目なイメージあるから」

「そんなこと、ないけど」

いや、うん、確かに。課題は大抵きっちりこなすタイプだと思う。こんなふうに忘れることって自分でもホント、珍しい。

でも、近頃はそんなことすらままならないくらいに、ちょっと、心に余裕がないのかもしれない。なんだかいろんなことが、上手く回らないいんだ。

「ありがとう」ともう一度言って、軽いカバンを背負った。

登校中に濡《ぬ》れてしまったそれは、ずいぶん時間が経った今でもところどころが微妙に湿っている。気持ち悪いし、おまけに職員室に寄るのもめんどくさい。

いろんなことが煩わしいな、そんなことを思う背中に、「倉沢さん」と、また呼ぶ声が掛かる。

「あのさあ……」

「ん、何？」

まだ先生何か文句を言ってたのかな、と思ったけれど、振り返ってみればどうやらそうじゃないみたいだ。

「ちょっと聞きたいんだけど」と、もじもじしながら視線を逸らす三浦さんに、なんだろうと首を傾げると。

「倉沢さん、原付の免許持ってるってほんと？」

「えっと、うん、持ってるけど」

「あ、やっぱり本当なんだ！」

急にらんらんと目が輝いて、ぐっと身を乗り出してくるからちょっと後ろに引いてしまった。

だけど三浦さんはお構いなしに、逸らしていたはずの目を真っ直ぐに向けてくる。

「あのね！　実はあたしももうすぐ取ろうと思っててね。でもまわりに取ってる子いないからさ、試験とかどんなのだろうと思って」

どうやらわたしが免許を持っているということを聞きつけて、尋ねてみたということらしい。

「な、なるほど」

「あの、ごめんね、急に」

うちの学校は基本的には免許取得は厳禁だ。数少ないヤンキーぽい人たちは堂々と取得したことを言いふらしているけど、できる限り平穏《へいおん》でいたいっていうわたしみたいなタイプの人は、あんまり口には出さずにこっそりと取りに行っている。

だからわたしも本当は内緒にしたいはずだろうって、三浦さんはちょっと話しにくかったみたいだ。そんなこと気にしなくていいのになって、こそっと小さく笑ってみる。

「三浦さんて、自転車乗れる？」

「自転車？　うん、乗れるけど？」

「じゃあ大丈夫。簡単だからすぐに乗れるよ。あとは学科かなあ、それもそんなに難しくはないけど」

「でもあたし、そういうの苦手だからなあ。ちょっと心配」

「んー、でも確かに、勉強はしたほうがいいかも。あ、問題集があるから貸そうか」

「え、いいの!?」

頷くと、三浦さんは「ありがとう！」とがっしりわたしの両手を掴んだ。そうしてぶんぶんと振られるから、たじろぎつつもされるがまま。元気だなあと、悪天候なのに晴れ晴れとした顔を見ながら思う。

「じゃあ明日、は休みだっけ。来週持ってくるね」

「うん、本当にありがとう倉沢さん！」

相談して良かったと、大したことなんてひとつも言えてないのに言われるから、少し申し訳なくなる。何度も手を振りながら教室を出ていく三浦さんを見送って、わたしはもう一度カバンを背負い直した。

職員室に寄ってから、昇降口《しょうこうぐち》で自分の傘《かさ》を拾って滝みたいな雨に向かって突き出す。広げると、途端《とたん》に端から流れ落ちていく滴《しずく》。地面全部が水溜りで、あっという間にローファーの中に水が染み込んだ。

真っ黒な空。立っているのも辛い大雨。

何気なく、東の方向に目を向けてみた。見えるのは当然、グラウンドに立つ照明くらいで、他には何も見えたりしない。

――ドンと、帰宅の人波に肩を押されて、いつの間にか立ち止まっていた足を動かした。今日は真っ直ぐに、家までの一本道を歩いて帰った。

学校が休みの土曜日。脇にある窓の外からはまだ小さな雨の音が聞こえている。カーテンを開けっぱなしだったせいで鉛色《なまり》の空がベッドの中から見えていた。休みの日の朝独特の、いつもとは違う妙な雰囲気。朝はあまり得意じゃないから、小さい頃はいつも、休みになるとお昼まで寝ていた。

いつからこんなに早く目を覚ますようになったんだっけ。ケータイのアラームを止めながら、そんなことをふいに思う。

休みの日が嫌いなのは、家にいる時間がどうしたって長くなるからだ。わたしだけがじゃなくて、家族が家にいるから、だからこそ休みの日が嫌いだ。

ベッドから立ったところで、びくんと肩が跳ねた。一階のリビングから、お父さんとお母さんの声がした。

「だからお前が……!!」

「何よ、いつもいつも……!」

……ああ、また今日も。

息を止めて、世界から自分を消す。ぎゅっと耳を塞《ふさ》いだって聞こえるから、せめて見ないようにってきつく目を瞑《つぶ》った。

もう顔なんて合わせなければいいのに。合わせたって、無視しておけばいいのに。

そんなことすらできなくて、新しい今日が、昨日までと同じ、汚い色で塗りつぶされる。

服を着替えて顔だけ洗って、できるだけ早く家を出た。ドアを開けるときに一度だけ家の中を振り返ろうとして、でもそうはしないで、家が見えなくなるところまで傘も差さずに走った。

足がもつれかけたところで、立ち止まって傘を差す。ちりちり痛む心臓を押さえながら、雨の降らない小さな屋根の下で、大きく息を吸って長く吐き出した。

昨日の大雨は落ち着いたけれど、今も名残りでしとしとと柔らかい雨が降り続けている。この雨は、お昼過ぎには止むって聞いた。

少しずつ明るくなっている空を傘を除《よ》けて見上げてみる。西のほうはもう雲が薄くなって、陽が差しているみたいだった。

薄っすらと濡れた肩に傘の軸を置いて、くるくると柄を回す。ぱらぱらと飛ぶ水飛《し》沫《ぶき》。地面にできた水溜りを靴で踏む。そのうち晴れに追いつかれるかな。そう思いながら、東の方向へ足を進めた。

そこへ向かおうと思っていたわけじゃなかった。ただ家にいたくなくて、できるだけ遠くへ行きたくて、苦しいことを考えなくてもいいような場所を探していただけだった。

小降りになってきた雨がぽこぽこと傘を叩《たた》いていた。楓の下を通るときだけその音がちょっと少なくなる。

今日も噴水は水を噴き出していなくて、これじゃただのオブジェだなと思いながら、噴水の前をぴちゃぴちゃと雨の日限定の足音を立てて通り過ぎる。

公園は、雨空だからかこの間よりも人がいない。とても静かで、自然の音しか聞こえなくて、そんなわけはないのに、世界にひとり取り残されたような気分になる。

くしゅ、と濡れた芝を踏んだ。石畳がなくなって、続く緑の芝生以外に何もない場所。

こんなに静かな今日だ。だから特に人の集まらないこの場所には、きっと本来なら誰もいないはずなのに、わたしはひとりここに来て、またきみに見つけられる。

「こんにちは」

傘の上から降ってくる声。踏みつけた芝から、まだ雨の降る空に向かって顔を上げる。

わたしよりも随分と高い場所、小高い丘の一番上に立って真っ赤な傘をくるくる回すきみは、あの日と同じ、晴れた顔だ。

ハナは、しばらくわたしを見つめてから、突然びしっと指を差した。

「セイちゃん」

びくっ、と驚くわたしに向かい、上からわたしを見下ろすハナはにいっと大きく笑ってみせる。

「セイちゃんでしょう」

「えっと、う、うん」

「あは、すごい。僕、きみのこと憶えてた」

ハナが、嬉しそうにそんなことを言うから、わたしはついぽかんとしてしまった。

でもハナはそんなわたしを置いてひとりで勝手に楽しそうで、それからふいに顔を上げながら、「止んだね」、そう言って傘を閉じた。

わたしはまだ、ぼうっとハナを見上げたまま。でもふと、傘が鳴らす音がなくなっていることに気付いて、開いていたそれを畳んだ。

まだ雨の匂いはするけれど、空はいつのまにかすっかり青くなっている。分厚い雲が、どこか遠くへ流れていく。

「来て、セイちゃん」

ハナが上からひらひらひらと手を振っていた。わたしはそれにつられるみたいに、湿った丘の道をのぼっていく。一歩一歩近づきながら、確かめるように足元を見て。

「…………」

憶えてた、って。そんなのあたりまえだろ。忘れてたら、ちょっと怒る。

わたしとハナが会ったのはたったの二日前。そっちから無理やりかかわってきてあんなに強い印象を残して、わたしはいまだってはっきりと言葉のひとつひとつさえ思い出せるって言うのに。名前と顔を憶えてたくらいで、なに、喜んでんだ。

ハナのところまであと少し、というところまで来て、立ち止まってハナを見上げた。

誰もいない場所で緩く吹く風の中にいる姿は、やっぱり綺麗だと今日も思う。

まるでハナのいるその場所だけが、世界が違っているみたいだ。

「来てると思わなかった」

声を掛けると、どこかを見ていたハナの視線がわたしに向く。

「何が？」

「ハナが。今日も、会うなんて思わなかった」

薄くて白い雲が、見上げた先を泳いでいく。ハナは、傘に付いた滴を払いながら、こてんと首を傾げた。

「会えるよ、そりゃあね。僕ほとんど毎日ここに来るから」

「毎日？　じゃあもしかして昨日も来たの？」

「来たよ。すごい雨だったよね。大雨。びっくりした」

確かにすごい雨だった。そんなすごい雨の中、こんなところに来るやつなんているはずないと思った。

「……来てたんだ」

ぽつりと呟いた声は、小さすぎてハナには聞こえなかったらしい。ハナはきょとんとした顔で、わたしを見つめたまま。

「ていうか、そんなことよりさ。セイちゃん、早く来てよ」

ハナがぶんぶん手を振るから、今度はわたしが首を傾げる。そうして残りの少しをのぼって隣に立つと、ハナはこの間と同じように「ほら」と言って右手を伸ばした。

「虹だよ」

ハナの指が真っ直ぐに示す先。

楓の木。橋上駅舎《きょうじょうえきしゃ》。低い雲。それよりもずっと高い場所で、どこまでも青い空の中、薄く色づく七つの色。

「……すごい」

素直に驚いた。

まだ少しきらきら光る青空の下で見えた、たったひとときの輝き。それは今この瞬間にしか出会えない、束の間の奇跡だ。

「いいタイミングだったね。さすが、セイちゃんの日頃の行いがいいからだ」

この間も聞いたようなセリフを言って、ハナがまだ水の滴る傘で空を指す。

「昨日は大雨。今日はちょっと雨で、晴れて虹」

それから肩に掛けていたカメラで、やっぱり今日もまた写真を撮った。

カシャリ、と収められる一瞬の虹。目の前に浮かぶ色はだんだんと薄くなっていくけれど、焼き付けられたそれはきっとずっと色褪《あ》せずに残る。

「そういえば」

ふと、ハナがファインダーからわたしに視線を移した。

「昨日の雨、本当にすごかったよね。写真撮るどころじゃなかった」

「う、うん、ほんとに」

「ね。景色が今日と全然違くて、なんかどきどきした」

そうかな、という言葉は飲み込んだ。すごい雨だったし、景色もいつもと違ったけれど、どきどきなんてしなかった。

でもきっと、きみは確かにそんなふうに感じたんだろう。たぶん、わたしときみの見る景色は、一緒でも違う。

「雷でも落ちれば、もっとどきどきしたんだけど」

「物騒《ぶっそう》なこと言わないでよ。自分に落ちたら危ないって」

「あは、そうだね。とても危ない」

ちっともそんなふうになんて思ってないみたいにハナは笑う。

それからもう一度遠くの空の虹を見上げて、雨上がりの透明な空気を大きくいっぱいに吸い込んだ。目を閉じて、ほんのわずかの間だけ呼吸を止めて。まるで今のこの瞬間を、自分の中に閉じ込めているみたいだった。いつまでも。いつか過去になって消えるこのときを。

虹はもう少ししか残っていなかった。残しておくことなんてできない瞬間。でも、残しておく。写真じゃなくて自分の中に。

きらきらと光る横顔を見上げながら、わたしは眩しくて目を細める。

「ごめんね」

ゆっくりと開いたハナの瞳が、わたしのほうを向いた。わたしの呟きに「何が」と、静かに返す。

「昨日、わたし、ここに来なくて」

まさかハナが昨日も来ていたなんて思わなかった。思うはずがない。あんな天気の中でここに立っていたなんて。

「……………」

ハナはしばらくじっとわたしを見て、それからそっと口元を緩めた。

「僕、昨日きみと会おうって約束をしてた？」

ちょっとだけ間を空けて、わたしは首をふるふると横に振る。

「約束は、してない、けど」

会えるかなって聞かれた。うんとは答えなかった。約束なんて、しなかった。

「じゃあいいよ。謝る必要なんてどこにもない。それにセイちゃん、今日は来てくれたから」

あのときハナは今と同じ顔で、約束をしないわたしを嬉しそうに見送った。鮮明《せんめい》に思い出せる。何気ない、たった一瞬のきみの表情。

何となく思うんだ。もしもあの日にわたしが「さあ」じゃなくて「うん」と答えていたのなら、きみは一体どんな顔をしたんだろうって。すごくどうでもいいことだ。たぶん同じ顔をしたんだろうし。

でもなんだか、何となく、わたしがあのとき、きみと確かな〝約束〟をしていたら、きみは笑っただろうけど、今と同じような笑い方はしなかったんじゃないのかなって思うんだ。本当にとてもどうでもいいことなんだけれど。

「そうだ。きみに見せなきゃいけないものがある」

ハナが、ごそごそと背負っていたショルダーバッグから青い冊子を取り出した。開いてみればそれは冊子ではなく、写真の収められたアルバム。クリアポケットの半分くらいはもう写真が入れられていて、後の半分は空のままで残っている。

「ほら、セイちゃんの」

ハナがちょうどアルバムの真ん中らへん、写真が入れてある部分だけで言えば後ろのほうをめくって、あるページを開いてわたしに見せてくれた。

ひとつの見開きにある四枚の写真。その全部がわたしにも憶えのあるものだった。噴水に座って上を向くわたし。同じ位置で正面を向くわたし。それから夕日の沈む街の風景と、街と同じ色に染まったわたしの横顔。

「これ、おととい撮ったやつ」

「うん。セイちゃん、とても綺麗だ」

またこいつは恥ずかしげもなくそんなことを。と固まるわたしのことなんてもちろんお構いなしだ。

ハナは「特にこれが」とアルバムを覗いて、その中の一枚を指差した。

「これが僕、一番綺麗だと思うんだよね」

それはおととい、今と同じこの場所から、夕焼けと街を見下ろしていたときの写真だ。わたしが油断した隙《すき》にハナが横から撮ったもの。全部が、上から薄いオレンジを重ねたみたいな色だった。

背景に映る空は、今見えている空とは全然違った色をしている。あのときこの目で見た実際よりもなんとなく濃い気がするのは、そういうふうに撮られているからなんだろうか。それとも鮮やかだったはずの景色が、記憶の中で薄らいできてしまっているせいなのかもしれないけれど。

一枚の写真の中。あるのは、何色ものオレンジで塗りつぶされた空と、ただひとつ、わたしの姿。風が吹いていたせいで、長い髪が後ろに流れてしまっていたから、横顔だけでもその表情ははっきりと映し出されていた。

少し、驚いた。こんな顔をしていたのかと。

あのときのわたし、こんなにひどく、苦しそうな顔をしていたのかと。自分では気付きもしなかった。こんなふうに表になんて出していないと思っていた。だけど自分からは見えていなかっただけで、本当はこんなにも。

「…………」

じっとそれだけを見てしまっていたせいで、気がつくのはたぶん随分と遅かった。じっと写真を見つめるわたしを、それ以上にじっと見ていたすぐそばの視線に。

「何?」

「んー、別に」

「だったら見ないでよ、もう」

「ん、いや、だってね、今セイちゃん、この写真と同じ顔をしてたから」

ハナの視線が写真の中のわたしに移った。でもわたしは、目の前のハナを見つめたまま。

「ハナ」

「ん？」

どうしてこの人はいつも、わたしとは正反対の顔をしているんだろう。どうしていつだってこんな顔ができるんだろう。わたしはいつだって、きみとは違う表情しかできないみたいなのに。

「なんでこんな変な顔してる写真が、一番綺麗だなんて言うの」

こっちを向いたハナの代わりに、今度はわたしが視線を落とした。

手元の写真。わたしの写真。ハナが撮った写真。ロクな被写体じゃないって誰が見たって思うようなものだ。少しも笑ってなんていなくて、見ようによってはただの不機嫌。わたしには、一番どころか綺麗にだなんてちっとも思えはしないのに。

なんで。

「だって、自分のために必死で何かを考えてるみたいだから」

ゆっくりと視線を上げる。

ハナの表情は相変わらずだ。こんなわたしを見つめて、どこまでも透明に、笑っている。

「は？　自分のためとか、すごくかっこ悪いじゃん」

「そう？　僕はそうは思わないけどな」

「何それ」

くちびるを噛んで、パタンとアルバムを閉じる。

呟いたのは誰に向けてなのか、わたしにもよくわからない。

「……馬鹿みたい」

「ていうか、これさ」

体ごとくるりとハナと向き合って、閉じたアルバムを突き出した。

「人の写真、勝手にアルバムに挟《はさ》むのやめてよ」

「あ、嫌だった？」

「わたしが嫌なわけじゃなくて、普通、そういうもんでしょ」

呆れて溜め息をつきながら、そう言えばまったく同じ会話をこの間もしたような、と思い出して、なおさら呆れた。

おまけにどんなことを言ったってハナはちっとも反省しようとしないし、結局は自分のペースに持っていく。

「セイちゃんが嫌ならこの写真、セイちゃんにあげるけど」

「いらない。だってそれ貰《もら》ったって、どうせ新しいの現像しちゃうんでしょ」

「お、大正解。さすがセイちゃん」

「だってハナは、自分の残したいものは意地でも残すんだもん」

そう言うと、ハナはちょっと意外そうな顔をした。なんで知ってんの、とでも言いたげな感じに、逆にわたしが首を傾げる。

「この間ハナ、わたしにそう言ってたじゃん」

「ああ、そうなんだ」

「そうなんだって……憶えておけよ、自分で言ったことくらい」

わたしでさえ憶えていたのに、このやろう。

ずん、とぬかるんだ芝の地面に傘を突き刺した。なんとなくむかつく、ってことを口に出して言いたくはないから、代わりにその思いを傘に託《たく》して芝をいじめる。でも、思いがけず返ってきた返事は。

「あれ？」

素《す》っ頓狂《とんきょう》な声。

見ればさっきと同じ、また思いもよらなかったみたいな驚いた顔をしていて、でもすぐに「あー」と何やら意味深なうめきを漏らしながら、ハナは苦く笑って頭を掻《か》いた。

「そうか。セイちゃんにはまだ言ってなかったんだ」

忘れていたというよりは、そのことに初めて気付いたみたいだった。「何を」と聞くと、ハナは小さく息をついてゆるりと表情を緩ませる。

「僕の記憶、一日しかもたないんだ」

は、と声には出せないまま、口だけを開けて固まった。あまりにも唐突《とうとつ》で、突拍子《とっぴょうし》もなくて、予想だにしないことだったから。言っている意味はもちろんわかってるんだけど、だからこそ頭がついていかなくて。

「…………」

どういうこと？　ハナは今何を言った？　記憶が、一日しかもたない？

「それ、って」

ハナの言葉を頭の中で繰り返して、そうしてなおさら混乱する。

「それって、どういう」

「ん？　そのまんまだよ。一日以上前に起きたこと、僕の頭の中から一切消えちゃうんだよ」

なんでもないことみたいにハナは言った。〝今日のお昼はパンなんだよ〟。そんな軽いことを伝えるような口調で、表情で、きっととんでもなく大事なことを。一日以上前の記憶がすべて消える。忘れる、のではなく。

「うそ、だよ。だってわたしのこと憶えてたじゃん」

そうだ。ハナはわたしのことを憶えていた。本当に一日だけしか記憶がないなら、おととい会ったわたしのことを憶えているわけがない。

『僕きみのこと憶えてた』

さっき自分で言ったばかりだ。妙に嬉しそうに、わたしのこと。

「うん、そうだね。憶えてた」

ひょい、と、まだわたしの手にあったアルバムを取って、ハナはペラペラとゆっくりページをめくっていく。隙間なく埋められた写真に写るのは本当にさまざまなもの。風景や、生き物や、人。

「一日前のこと、僕は憶えていられないんだけどね。でも、何もかもが一日経てば全部リセットされちゃうわけじゃないんだよね」

そしてめくられていく最後にあるのは、やっぱりわたしの写真。

「たとえばおととい食べた夕飯のこと。もし、昨日の時点でアレを食べたなあって思い出していれば、それを思い出してからまた一日、今日までは、そのことを憶えてられる。厳密に言えばそれを食べたことって言うより、それを食べたと思い出したことを憶えてるって感じなんだけど」

「うん……っていうと、つまり……」

「つまりね。僕がきみに会ったのは一日よりももっと前。きみと会ったそのときのこと、僕は思い出せないけれど、きみのことは憶えてた。そう、つまり、なんでかわかる？」

ハナが、小さな子どもに問い掛けるような口調で言いながらわたしの顔を覗き込んだ。わたしはゆっくり首を横に振る。

本当はその問いの答えはなんとなくわかっていたんだけど、自分で答えるなんてできるはずもなくて。だから、「わからない」と首を振った。

ハナが笑う。

「ずっときみのこと考えてたんだ」

――トン、と胸の奥が叩かれた気がした。同時にじわっと熱くなって、なんだかもうハナの目を見ていられなくなる。

ハナの言葉は心との間に少しの距離もないみたいだ。あまりにも真っ直ぐだから、どう受け止めればいいのかわからない。

「公園で会った女の子のことを、考えてたから憶えてた。忘れたくないなんて、たぶん思う暇もなかったくらいにね」

「何、言ってんの」

「また会えたらいいなって思ってたんだ。そしたら、また会えたね」

最悪だ。なんでもう雨止んじゃったんだろう。傘さえあれば隠せたのに。こんな変な顔、恥ずかしすぎて見られたくない。真っ赤になってるに違いないんだ。

他の人に言われたら鼻で笑っちゃうようなセリフ。なんでか知らないけどきみが言うと、おかしいくらいに真に受けて、死にそうなくらいに恥ずかしくて。それと同じくらい、とても泣きそうになる。

「セイちゃん」

ハナが呼ぶ。

まだ、数えるほどしか呼ばれたことのない声だ。それなのにきみは、まるで何度も呼んだことのあるものみたいに、わたしの名前を声に出す。

「ねえ、セイちゃん」

まだ振り向きたくはなかったけれど、その声につられてしまった。顔を上げた先にはやっぱり、わたしの気持ちなんてちっとも知らない顔のハナがいて。

「デートしよう」

「は？」

「さ、行こう」

「え!?」

あまりの唐突さに恥ずかしさも吹き飛んだ。いきなり何、と思いはしても尋ねる暇すらなくて、ハナはわたしの腕を強くひっぱり小さな丘を降りていく。

「ちょ、ちょっとハナ！　どこ行くの!?」

「デートだよ。どこに行くかは決めてないけど」

「デ、デートって」

「もしかしてこれから何か予定あった？」

振り返ってそう尋ねて、でも足はもちろん止めないままだ。足元を見ずに器用に坂道を降りるハナと違い、わたしは下を見つつ、でも滑りそうになりながら坂を進む。

「な、ないけど」

「じゃあ決まり。まだ時間も早いし、気の済むまでいろんなとこ行こう」

「気の済むまでって、誰の？」

「もちろん僕の」

そう言って今すぐ飛び跳ねでもしそうなくらいに軽やかな背中に手を引かれ、力が抜けて転びかけたところをなんとか持ちこたえながら、すっかり晴れた空を見上げてみる。

ハナのせいで、呆れすぎて頭がおかしくなりそうだ。だけど本当は、呆れているのに抗《あらが》おうとしない自分に何よりも呆れかえっていたんだけれど。

III

Clover

たったひとつの約束

ハナとのデートは、とてもじゃないけどデートなんて呼べるようなものじゃなかった。たぶん、今どき幼稚園児だってもっとムードのあるデートをしているはずだ。なんと言ってもただ、街を歩くだけ。

おまけにお洒落な商店街が売りのこの駅前において、なぜだかハナはその反対の古い住宅街のほうへと向かって行くから、余計にデートなんていう雰囲気じゃなくなっていくんだ。緩い坂道をくねくね曲がりながら上へ上へ。立ち寄るのはもちろんアパレルショップなんかじゃなく、小さな公園やボロい神社。

ハナは、そこで見つけた野の花とか虫とか鳥とかを気まぐれに写真に撮ったり、たまたま出会った人たちと、まるでずっと前から知っていたみたいに楽しげに喋ったりしていた。わたしはそんなハナを、少し離れたとこから見ているばかりで。ときどき溜め息をついては知らない空を眺めたりした。

カラッとした風が吹く。流れた髪を掴んだところで、声が聞こえた。

「セイちゃん！」

嫌な予感がした。この、ちょっと声を張り上げた嬉々とした呼び方。ハナはカメラを抱えながら、民家に挟まれた狭い道路の真ん中で、もっと狭い脇に逸れる小路《こみち》のほうを向いていた。

ビッと指差した先。わたしには見えていないけど、何があるかなんてもう想像はつく。

「追いかけようセイちゃん！」

「またあ!?」

ちょっと待ってよ。なんて言う暇もなくハナは小路へと姿を消した。そうなるともうどうしようもなく、わたしは畳んだ傘を振り回しながら、駆けていくハナの背中を必死に追いかけるしかない。

ああ、これで何度目だろう。ハナが野良猫を追いかけて、突然走りはじめるの。

別にのんびり散歩をするのは嫌いじゃないから、お洒落なデートをしなくたって、ただ街をまわるだけならそれでもよかった。だけどハナとのこの〝デート〟は、デートと呼べないばかりか、のどかな散歩とも言えなかった。どうやら彼はただ今、野良猫にご執心《しゅうしん》らしい。

よくわからないけれど、ハナが言うところの〝いい感じ〟の猫を見つけては、近づいて、逃げられて、そして追いかけ回しているわけだ。それからさらにその後ろをわたしが追いかける形になり、このデートは思いのほかハードなものになっている。

「あ！　やった、あそこで休んでる。かわいいなあ」

「……はあ……やっと止まってくれた……」

息を切らしながらどうにかこうにか追いついたのは、人ふたりがぎりぎり通れるくらいの狭い道の突き当たり。両脇と数メートル先の正面は、ここよりも少し土台の高い古い家の裏側になっていて、あまりにも静かなせいなのか、生活感はあっても人の気配は感じないなんだか不思議な場所だった。

ハナが追いかけていた茶色と白の混ざった猫は、わたしたちの先、左手の建物がちょうどなくなって日の当たっている場所で寝ころんでいた。まだ朝の雨が乾ききっていない地面が多い中、日当たりのいいそこはすっかりカラッと乾いている。

なるほど日向ぼっこには最適だ。お気に入りの場所なのかもしれない。

「ちょっと、わたしも休んでいいかな……」

「どうぞ。セイちゃんも一緒に撮ってあげる」

「やめて！　今、人に見せられない顔してるから！」

「僕はもう見ちゃってるよ。大丈夫。かわいい」

「……うぅ」

また平気でそういうこと言って。もういい。どうとでもなれ。

重い足を引きずって、猫の隣に座り込んだ。

猫はあれほど素早く逃げ回っていたくせに、よほどこの場所がお気に入りで落ち着くのか、地面にへばりついたまま動こうとはしない。ときどき気だるそうにわたしを見ては「ガー」とかわいくない声を上げている。

「あは、いい感じ。セイちゃんと猫くん、そっくり」

「それはののしりと受け取っていいのかな」

家に挟まれた日の当たらない場所から、ハナは妙に楽しそうにシャッターを切っていた。わたしはもう、表情を作るのもレンズを見るのも撮るのをやめさせるのも億劫《おっくう》で、ぼうっと視点の定まらない目でハナを眺めていたんだけれど。

ふと、猫が寝ているのと反対側、開けているほうにまだ道が続いているのに気づいて、ここは行き止まりじゃなかったんだと思いながら、あんまりはっきりしない思考のままで横を向いた。

その瞬間、ザアッと、風が吹き抜けたような気がした。

「…………」

わたしは息を呑んだ。強くなんて吹いてなかったけれど、それでも目を細めてしまいそうなくらいに、正面から吹き抜けた風。

光が何もかもを鮮やかに映し出していた。空、地平線、山々と街。

「ハ、ハナ！」

「ん？」

急いで呼んだ。目なんか離せなかったから、必死で手だけをぶんぶん振って。

ハナが隣にやってくる。そしてわたしと同じものを目に映して、同じように言葉をなくした。

猫だけが行く細い路地の奥には、まだその先へ続く道が伸びていた。路地を右へ曲がる方向に、のぼってきた坂道を一気に下るための細く長い階段があった。建物の隙間を縫《ぬ》ってつくられたその階段からは、遮るものなんてひとつもなく遠くの景色が見渡せる。街を囲む山脈、地元を走るローカル電車、わたしの通う学校、見慣れた街並み。そして、地平線まで広がる透明な晴天。

視界の全部にそれが広がっていた。それがどこまでも広がっていた。

普段見ている景色とは全然違う、それは、とてもとても広い空。

「すごい。こんなところがあったなんて僕知らなかったよ」

「うん、わたしも」

なんだろ、この心臓の音。嬉しいだとか怖いだとか、そういうときのとはまったく違った胸の高鳴りだ。興奮してるのかな。ううん、違う。なんだろうこれ。でもなんだか、全然鳴り止まない。

「どきどきするね」

ハナが言う。わたしのほうなんて向かないまま。わたしもハナのことなんて見ないまま。でも、同じものを見て。

「うん、どきどきする」

「ずっとここにいたいくらいだ」

感動だなあってハナが呟くのを聞いて、そっか、これって感動してるんだって知った。

わたし、この景色を見て素直に感動してる。綺麗だって思ってる。

「ハナ、写真撮らなくていいの？」

「あ、忘れてた。大事だった」

ハナは階段の一番上に腰掛けて、広い風景をカシャリとフィルムに焼き付けた。でも、さっきまでは何回もシャッターを切っていたのに、この景色は一度しか写真に撮らなかった。

わたしもハナの横に座る。太陽の光が真っ直ぐに、でも、優しく全身に当たる。

ハナはじっと、レンズ越しにじゃなく自分の目で今の瞬間を見ていた。まるで刻みつけているみたいだって思った。ずっと自分の中で憶えておくために、色とか音とか感覚とか、そういうのを丁寧に記憶に沁《し》み込ませているみたいに。

きっと、忘れてしまうのに。

「ねえ、ハナ」

振り向くハナにわたしもゆっくりと視線を合わせる。穏やかな表情。すっかり晴れた今の空みたいに、少しの曇りだってないような顔だ。

「記憶が一日しかもたないって、ほんと？」

尋ねたわたしに、ハナはなんでかちょっとだけ笑った。それから「うん」と、そのままの顔で答えた。

「頭のビョーキでね。じゃなくて、怪我だったかな。忘れちゃった」

「そ、っか」

前に、ハナが言っていたことを思い出す。

『綺麗だと思うから憶えておきたい。だから僕は写真を撮るんだ』

憶えておくために。綺麗だと思ったものを、この先もずっと。

記憶が一日しかもたない。ハナの頭の中には、いつだってたった一日分の記憶しかない。

あのときは、ハナの記憶がわたしのそれとは違うってことを知らなかった。知るわけもないよ。思うわけもない。その言葉の中にどんな重みが含まれていたのかなんて、わたしにわかるわけがない。

今だってそうだ。記憶のことを知ったからって思いまで知れるわけじゃない。

一日過ぎれば、今のこの瞬間をハナは忘れてしまうんだろう。

それってどういうことなのかな。忘れたことすら忘れてしまうくらい、綺麗に、何ひとつ残らずなくなってしまうってことなのかな。わたしのことみたいに憶えていたとしても、それは紛《まぎ》れもないこの瞬間のことじゃなく、〝思い出した〟っていう新しい記憶。

　ハナは忘れてしまうんだ。自分の頭の中で、憶えておきたいことを憶えてはいられない。わたしにはそれがわからない。ハナがどんな思いでわたしにあの言葉を言ったのか。どんな思いで忘れてしまう〝今〟の写真を撮り続けているのか。わたしにはわからない。

「ねえ、辛くないの？」

　その質問は、自分にとってもふいだった。考えるよりも先に言葉になって出ていた。だから、言った瞬間後悔した。わたし今、なんて心ない質問をしちゃったんだろうって。辛くないか、なんて。そんなの辛いに決まってるし、そもそもその質問をされること自体が、きっととんでもない苦痛のはずなのに。

　だってわたしもそうだから。そんなことくらいわかってる。わかってたのに、何をわたし、こんな馬鹿みたいなこと。

「ごめん、あの、今のは」

「辛くはないよ」

　目を見た。ハナの目。わたしなんかと全然違う、驚くくらいに綺麗な色。

「辛くはないんだ。だって今、楽しいから」

ハナがまた、ずっと遠くに視線を飛ばす。それよりもきっとまだまだ遠くから吹いてくる柔らかな風。今ここではその風の音だけしか聞こえなくて、世界がここ以外、止まってしまったような気になる。

空は青くて透明で。どこか少しきみと似ている。

「前は辛かったかもしれないけど、今はもう憶えてないし。嫌な思いは今は持ってないよ」

それにね、とハナは続けた。

「わからないでしょう、セイちゃんは。何もかもがいつだって、新鮮に見えるこの感覚」

ちょっと意地悪な感じで笑って、ハナはもう一度わたしを見た。

ああ、と思う。わたしは呆れた振りをして溜め息をつきながら、そっとハナから視線を逸らした。

強がりで言っているわけじゃないのがハナらしい。本気でそう思っているんだ。毎日が新しいことばかりのこの世界が、ハナは好きだって。

だからハナは、わたしと違うものばかりを見られるんだ。ハナのいる世界にはどんな濁《にご》ったものもない。何もかもが透明で、毎日が新しくて、ハナがそこに自分でひとつひとつ色を付けていく。それはとても鮮やかな、わたしの見る世界には決してない、綺麗な色。

「ちょっと、うらやましいよ」

ぽつりと呟いた。

同時に、後ろで寝ていた猫が「ガー」と鳴いて、トトトと階段を降りていった。軽やかに遠くなる背中。ハナも、それを見つめている。

「なんにも憶えてないのってさ、うらやましい。わたしには忘れてしまいたいものがいつもたくさんあるのに、全然忘れられなくって。毎日どこまでも、その嫌な思いばっかり続いていくから」

積もって、積もって。でもどこにも捨てられなくて。自分の体の中にどんどん溜まって、重たく動けなくなっていく。なくなってしまえばいい。消えてしまえばいい。そうならないのなら、わたしが抱える思いをすべて綺麗に忘れてしまえればいい。何もかも全部。そうしたらこの世界だって、もう少しマシに見えるかもしれないのに。

「セイちゃん」

ハナが振り向く。

わたしはハナを見ずに、そっと視線を空に向ける。雨が必ず晴れるように、心の中だって簡単に切り替えられたらどれだけ楽なんだろう。

「だけど忘れるってことは、憶えておきたいことだって全部頭から消えちゃうってことだよ」

ハナの声はいつもどおりだ。怒ってたりだとか悲しんでたりだとか、わたしを諭《さと》そうとしてたりだとか、その声にはそんなものはひとつもなくて、ただわたしに問いかける。

「構わないよ。だって憶えておきたいことなんて、ひとつもないんだもん」

考えるまでもない答えだよ。だって、こんな世界のどこに、それほど大切なものを見つけられるっていうの。そんなものはどこにもない。

目を瞑っていられたら、耳を塞いでいられたら、暗くて狭いところにうずくまっていられたら。そんなことばかり頭に浮かぶこの場所で、残しておきたい大切なものなんて。

昔は、確かにあったはずなのに、今はどこにもないんだ。消えてほしいものばかりがここに残って、何よりも大切なものは知らない間に、もう見つけられない場所へ行ってしまった。

もうここに、わたしの大切なものなんてない。

「そっか」

ハナが大きく息を吸った。ぐっと伸びをして、それからゆっくりと息を吐き出す。

後ろに突いた手。それで支える少し後ろ向きに倒れた体勢で、ハナは何かを見ている。

「でも、僕は憶えていてもらいたいなあ」

わたしがハナを見ると、ハナもわたしを見た。

笑うかなと思ったら案の定笑って、ハナはこう言った。

「僕のこと。セイちゃんに」

憶えていてもらいたいよ。もう一度ハナのくちびるから零《こぼ》れた声。

目の前の表情を見ながら、今わたしはどんな顔をしているんだろうと思った。でも、聞かなくても、鏡を見なくてもわかってる。あの、ハナの写した写真の中のわたしと同じ顔だ。

「……勝手なこと言わないでよ」

「別にいいでしょ。ただの願望だよ」

「自分は油断したら忘れるくせに」

「あ、それは言っちゃいけないんだ」

そして、「セイちゃんってデリカシーないなあ」と、言葉とは違って口調も顔も晴れやかにハナが言うから、わたしはもう何も言い返せなくて、子どもみたいに口を尖《とが》らせながらハナから目を背《そむ》ける。

なんか、もやもやする。もやもやというか、なんというか。なんかよくわかんないんだけど。ハナの言葉のひとつひとつが、どうしてか妙に他のものとは違って響く。

さっきもそうだった。ハナがわたしに言ってくれたこと。なんにも特別じゃないありふれたただの言葉なのに、不思議と涙が出そうになるんだ。どうしてだかわからないんだけど、鼻の奥はツンとして、じわじわと目の奥が熱くなる。

でもそんなことを知られたくはない。他人の前で絶対に泣きたくもないから、堪えるためにぎゅっと、下くちびるを噛む。

「そうだ、セイちゃん」

ふいにハナが声を上げた。

わたしは顔を上げないまま、一度スンと鼻をすする。

「ここ、秘密の場所にしようか」

「秘密の場所？」

「そう。また来よう。今日みたいなときに」

今日みたいなときってどんなときだろう。

そう思いながらのそりと視線を向けると、こっちを見ていたハナがにいっと悪戯《いたずら》っぽく笑う。

「セイちゃんが憶えててね、ここの場所」

「ええ！　なんでわたしが」

「だって僕、忘れちゃうから」

「無茶言わないでよ。わたしだって、ハナがでたらめに走り回る場所必死でついてきたんだから」

どんな道を辿って来たかなんて憶えてないよ。ただでさえ知らない場所なのに。せめてどこか目印になるものでもあれば……。

「あ」

そこで、ふと。茶白の猫がてけてけと降りていった細く長い階段の先を見た。ずーっと下まで、民家の隙間を縫って真っ直ぐに続くその道のゴール。そこにはまるで自然の壁みたいに高い立派な木が固まって並んでいて、よく見ると、広い場所を囲んで並んで植わっているようで。

「ハナ」

高い木と、随分と距離があるせいでじっと見ないと気付かないけど、そうだ、やっぱり。なんか見覚えのあるオブジェも確かにある。

「この場所、あの公園の裏手だ」

いろんな場所を回ってきたおかげで今いるところがまったく把握できていなかったけど、どうやらわたしたちは随分と道草をしたうえで、またあの噴水の公園の近くまで戻ってきていたらしい。

「だったらセイちゃん、憶えていてくれるね？」

「う、うん。まあ、ここならわかるかも」

「あは、よかった」

頷くしかないじゃないか、そんなの。この展開も、その表情もちょっとずるい。そしてハナはやっぱり嬉しそうな顔をするから、もうわたしはこの場所を永遠に忘れないように頭の中にインプットするしかなくなった。ハナとわたしの秘密の場所。

「そうだ、書いておかなきゃ」

呟いて、ハナが突然ごそごそとショルダーバッグを漁《あさ》り出す。小さいそれの中にはいろんなものが入っていて、押されてしまった飴《あめ》玉がころんとひとつ転がり出た。気付かないハナの代わりに掴まえて、ついでに勝手に食べたところでハナが何かを取り出した。

「何それ」

「ん？　ノート」

「うん、見りゃわかるけど」

ハナの手には一冊のノート。ちょっと厚めの、でもアルバムよりも少し小さいサイズのそれ。薄い青で塗られた表紙はなかなか見事にボロボロだけど、古いからってわけじゃなく、使い込まれているせいでボロボロみたいに見える。

ハナはそれをペラペラめくって、白紙のページの先頭を開いた。見開きの右側はまっさら、でも左側には何やらいろいろと書いてある。ハナはノートに差してあったペンを取ると、白紙のところにさらさらと文字を書いていった。

初めに今日の日付。それから。

『素敵なところを発見。秘密なその場所は、セイちゃんが知っている』

その次の行に、『猫もいっぱい見た』となんだか小学生の作文みたいなひと言も付けて。

「それって日記？」

「んー、日記っていうより、メモかな」

「メモ？」

「うん。メモしておかないとね、忘れちゃうでしょ」

わたしの〝忘れる〟とハナの〝忘れる〟はきっと全然違うけど、まるで同じものみたいにハナは言う。

そうしてパタンとノートを閉じて、「そういえば」と思い出したように声を上げた。

「セイちゃん、この間は制服着てたよね」

「え？　うん、学校帰りだったから」

そんな細かいところまで憶えてくれていたんだ、ってちょっと嬉しくなったけど、一瞬考えて、思い直した。

いや、確か写真に写っていたはず。思い出したのはたぶんそっちだ。

口の飴をころんと転がす。

ハナがわたしの顔を見て少し首を傾げたけれど、さっきからしょっちゅう不機嫌な顔になっているからかあんまり気にはしてないみたいだ。閉じたばかりのノートを開いて、さっきとは違う、もう書き込んである部分のページを何かを探すようにめくっていく。

「セイちゃんは高校生？」

「……そうだけど」

「どこの学校？」

「市立南高の一年」

「南高かあ」

ぽつりと呟きながら、何かを探すようにノートをめくっていくハナの指先。それがふと止まったのは、ノートの最初のほうのページだ。

個人的なものだからあんまり覗かないようにしようと思ったんだけど、こっそりチラ見した限りでは、そこには日記じゃなく、ハナ自身に関するいろんなことが書いてあるみたいだった。たとえば、お家のこととか、学校のこととか、知っておかなきゃいけないそういうの。

「あ、残念。僕が通ってるところと違う」

「制服姿見たことないけど、ハナも高校生だよね」

「そうだよ」

そう言ってハナが教えてくれたのは、この辺りじゃ有名なお金持ちと優等生だけが通える私立の学校の名前だった。

正直びっくりした。だって本当に知り合いであの学校に通ってる人なんていないんだもん。もちろんわたしじゃ到底通えないその学校の二学年に、ハナはいるらしい。

「まあ、これを見る限りじゃほとんどサボってるみたいだけどね」

こつこつと、ハナの指がノートをつつく。

「ガッコ、行っても授業覚えられないし、行く意味ないからね。親が『高校は普通のところ出させたい』って言って、お金と同情で籍置かせてもらってる感じだから」

「そう、なんだ」

「じゃなきゃ進級なんてできてないでしょ。普通に通ってたら僕、赤点ばっかで今頃セイちゃんと同学年だよ」

笑うハナに、わたしはうまく笑い返せているのかな。

なんか、変だな。こうやって話しててもハナは他の人となんにも変わりないのに、やっぱり同じだって言い切るにはどうしたって難しいところがある。

学校に行っても意味がない、とか。ときどき誰かが気だるそうに呟くけど、ハナが言うのはそういうのとは違うんだろう。

本当に意味がないんだ、ハナにとって。

わたしたちにはあたりまえの知識とか、経験とか、積み重ねて未来に持ってくの。そういうの、全部、ハナにはない。

「ふ……」

漏れて聞こえたのは、かすかな吐息《と》みたいな小さな声。

慌てて振り向いたのは泣いたのかと思ったからだ。でも違った。ハナの目には涙なんてなくて、それどころか浮かべているのはふわっとした柔らかな笑顔。

「何？」

人がせっかくきみのことでちょっと凹みかけていたのに。

でもイラつくわたしの気持ちなんてちっとも知りはしないんだ。ハナは声こそ上げないけれど、それでも緩んだ顔のまま、そっと目を細める。

「そんな顔しないで、セイちゃん」

そんな顔ってどんな顔だ。言おうとして、でもやめた。

だってたぶん、わたしまた、あの写真の中のわたしと同じ顔をしていたに違いないんだ。全然綺麗じゃない、いろんなことを考え過ぎちゃっている顔。

「言ったでしょう」

ハナが、ゆっくりと瞬きをした。

「僕は今ね、楽しいんだよ。辛くもないし悲しくもない。きみにも会えた。それで十分」

ね、とハナは首を傾げて、またひとつ大きく笑う。本当に透明に、どんな汚れたものだってこの世界にはないみたいに綺麗に。

わたしはそれから目を離せない。また、ひどく涙が出そうになるのに。

「優しいね、セイちゃんは」

ハナが大きく息を吸い込んで、空に顔を向けた。太陽の眩しさで、輪郭が白く光っている。

「優しくなんか、ない」

「僕はそうは思わないよ。だって僕のために、そんな顔をしてくれるんでしょ」

もう一度ハナはわたしのほうを向いた。

なんでかな。水飛沫だって星だってないのに、なんでかまわりがキラキラして見える。わたしにはないもの。わたしの世界にはないもの。でもきみには見えるもの。それが不思議ときみのそばでだけ、わたしにも見えているのかな。

「僕にはね、確かに過去も未来もないよ。今しかないんだ。だからその分、ここにある〝今〟をめいっぱい存分に味わいたいと思うんだよ。できるだけ鮮やかにね、少しだって零さないように」

思うよ。ハナの言葉って、いつだって率直で、揺るぎなくて、前も後ろも向いていなくて。なんでそんなに心から真っ直ぐでいられるんだろうって。

ハナはいつも、今自分が立っている足元と高い空を見つめるだけ。それだけで十分なんだ。それだけ見えていれば、それだけを見られれば。

「わたしも同じかな」

「ん？」

「同じだよね。過去は憶えてたって戻れないし、先のことなんかとてもじゃないけど考えられない。わたしにも今しかないよ。誰だってそうでしょ。今しかない」

今しかないのに。

ぎゅっと手のひらを握り締める。何も掴めない心許ない小さな手のひらだ。確かにここにある〝今〟にさえ、しがみ付くことができない、だめなわたしの。

「……わたしは」

だめなんだ、わたしは。どうしようもないよ。わかってたってなんにもできない。

あのときに戻れたらって、もうなくなってしまったものにばかりすがりついて。今の自分が見えなくて、他の何も見たくはなくて。前も後ろも確かにあるのに。ここに立って空を仰いでいるのに。目を瞑って耳を塞いで、小さくなってうずくまってる。

わたしの〝今〟はきみのとは違う。

きみのとは、違うけど。

「………………」

しまった、と思ったのは、今日も何度も聞いていた短い音が聞こえてからだ。

カメラのシャッター音。

横を向くと、光るレンズがやっぱりわたしに向いていて、その向こうでハナが楽しげな顔をしている。

「おい、怒るよハナ！　勝手に撮るなって言ったでしょ！」

「言われたっけそんなこと。憶えてないな」

「もう！」

最悪だ、こんなに何度も不意打ちくらって。今回だって、絶対にロクな顔をしていなかったはずなのに。

「ねえセイちゃん」

ハナが呼ぶ。

わたしは返事はしないけど、ふくれっ面のまま視線だけはハナと合わせる。

「また、明日も会える？」

唐突な問いかけだったからちょっとだけ驚いた。でも、それの答えはもう決まっていた。

「さあ」

適当な返事。だけどハナは、あの日と同じ嬉しそうな顔。

「セイちゃん僕より早く来てそうだなあ」

「さあって言ってるじゃん。来るかわかんないよ」

「そうだね。わかんないよね。会えたらいいね」

のんきに笑ってそんなことを言うから、もうわたしは何だって言い返せない。

案外自分勝手なきみの、言葉と笑顔に乗せられっぱなしで。

「さて」

ハナが立ち上がる。

揺れるふわふわの髪が太陽できらきら光る。階段を三段降りて振り返ったきみ。その姿が眩しくて、わたしはとっさに目を細めた。

首から下がったカメラが揺れていた。レンズはこっちを見ていたけれど、もうわたしを勝手に焼き付けたりはしなかった。

ハナの手が向けられる。

「行こうか、セイちゃん」

わたしは立ち上がらないまま「どこへ」と尋ねた。

「うーん、どこへ行こうか」

聞いたのに、返ってきたのはまた問いかけだった。

少しだけ、膝におでこをつけて、ハナが見ていないところで笑う。それから立ち上がって、向けられたままの手に自分の手を重ねた。

「行こう、ハナ」

息を吸った。風が吹いた。

ハナの手が、わたしのそれを緩く握る。温かかったのはたぶん気のせいじゃない。体温なんてそんなに違わないはずなのに、自分のじゃない誰かの体温ってこんなにも温かかったんだなって気付いた。

「ねえハナ、わたしお腹空いた」

「なら何か食べようか。何がいい？」

「わらびもち」

「じゃあ、わらびもち屋さん探さないと」

ハナが飛ぶみたいにして階段を降りていくから、わたしも不格好《ぶかっこう》にそれを追いかけた。街はまだまだ低いところに見えて、だからまるで本当に空を飛んでいるみたいと思った。

太陽は随分と高い。デートという名の小さな冒険は、きっとまだ終わらない。

「ハナ」と、意味もなく名前を呼びたくなった。だけど心の中だけで、口に出しては言わなかった。

背中を追いかけながら、掴まれた手をちょっとだけ握り返してみたら、ハナは何も言わなかったけど、指先にぎゅっと力がこもったのがわかったから、わたしは思わず何もない空を見上げた。


その日からはじまった、約束のない約束。

『明日も』

会おうねなんて、言い合ったことはなくて、会えたらいいね、といつも笑った。

約束はいらない。

それが、わたしたちのたったひとつの約束。

Ⅳ

Edelweiss

思い出をしまった場所

「三浦さん」

お昼休み。お弁当を食べ終えて次の授業の準備をしていると、たまたま三浦さんがひとりでいたから、丁度いいと思って声を掛けた。

普段わたしから声を掛けることなんて滅多にないから、相手がわたしだったことに三浦さんはちょっと驚いたみたいだ。でもすぐにふわりと表情を崩した。

「倉沢さん、どうしたの？」

「これ、この間言ってたやつね、持ってきたんだけど」

「うん？」

手渡したのは、わたしが使っていた原付免許を取るための問題集。買ったはいいけれど試験は一度きりだし、その一度きりも実は大して勉強しなかったから、まだその本の綺麗さは新品とほとんど変わらない。

「え！　ほんとうに借りちゃっていいの!?」

「うん。それに返さなくてもいいから。まわりでまた取る人いたら譲《ゆず》っていいよ」

「うわあ、嬉しい！　ありがとう！」

「いいよ。だって一回取っちゃえば、もう使わないしね」

それもそうだ、と三浦さんは笑いながら、ぺらぺらと適当にページをめくり、それから少し顔を引きつらせて「が、頑張ってみる……」と呟いた。

そういえば三浦さんって勉強が苦手だって言ってたな。わたし的には学校の勉強なんかよりよっぽど楽しかったから、続けられそうな気もするけど。

「あ、そうだ」

席に戻ろうとしたところで、でもふと思い出して振り返った。

「ねえ、三浦さんってさ」

「うん、何？」

「確か東中の出身だったよね」

市内に住んでいるクラスメイトであれば、誰がどこの中学から来たかは大体自然と把握している。三浦さんが通っていた東中は、わたしの通っていたところと隣り合わせの学区になる。ハナと会っているあの駅前の近くにある学校だ。

「そうだけど、どうかした？」

「あのさ……」

首を傾げる三浦さんに、少し迷いつつも尋ねた。

「ひとつ上の学年なんだけど、ハナって名前の人、知ってたりする？」

「ハナ？」

三浦さんがきょとんとした顔をした。

やっぱり、そりゃそうだよね。学年だって違うしわかるわけないか、と思ったけれど。

「ああ！　それって、芳野《よしの》先輩のことかな」

高い声を上げて、三浦さんが人差し指を立てる。

「ヨシノ？」

「うん、芳野ハナ先輩。男の子だよね、女の子みたいな名前だけど」

ハナの名字は知らなかったけれど、たぶん三浦さんが思い浮かべている人とわたしの知っているハナは同じ気がする。先輩って言ってるし、男の子だし。

「三浦さん、知ってるの？」

「ちょっとかわいいふわふわした感じの人でしょ。なんか掴みどころがないっていうか。あと……」

三浦さんはそこで少し表情を変えた。

その後は続けなかったけれど、ハナの、記憶のことなんだろうって思った。やっぱり三浦さん、ハナのことを知っている。

ハナは通っている高校を教えてくれた後で、行っていた中学校のことも教えてくれた。三浦さんが通っていたところと同じ、市立の東中学。

そのときに不思議だったのが、高校はノートを見ながら教えてくれたのに、中学校の名前はそれを見ずに言えていたこと。

なんとなく、ハナ本人にそのわけを聞こうとは思えなかった。ハナもどうしてそれは憶えているのかわたしに言いはしなかったし。

かといってやっぱり気にならないってわけじゃないから、こうして知っていそうな他の人に聞いてしまっている。わたしの知らないハナのこと。

「倉沢さん、芳野先輩と知り合いなんだ？」

「う、うん。ちょっと」

どんな関係かって、突き詰められると困ったけれど、三浦さんはそういうことは聞かなかった。「まあ座りなよ」とまるで自分のものみたいに隣の席をポンポン叩いて、立ちっぱなしだったわたしを座らせて目線を合わせる。

「あたし、先輩とは全然かかわりないんだけど、うちの兄貴とさ、芳野先輩のお兄さんが同学年で。まあそうじゃなくても芳野先輩のこと知らない人なんてうちの学校にいなかったと思うけどね」

「ハナ、お兄さんいたんだ」

「うん。すんごいかっこよくてさ、しかも頭いいんだって。うちの兄貴と違ってレベル高い大学行ってるらしいよ」

「そうなんだ」

三浦さんの言い方が、ハナのお兄さんを褒《ほ》めているというより、自分のお兄さんをけなしているほうが強くて、失礼だけど少し笑えた。そしたら三浦さんも一緒になって笑うから、この人は、わたしなんかよりもずっとハナと気が合いそうだなあと思った。

「で、倉沢さんは、芳野先輩の何をあたしに聞きたいわけ？」

ふと真面目な顔つきになったかと思えば、三浦さんの目がじっとわたしを見据《す》える。好奇心に満ちている目。キラキラしつつギラギラしたそれは、まるで、逃がさないぞ、とでも言いたげだ。

「えっと、ね」

わたしは、ハナの記憶については知っているということを伝えた。だけどなんでそうなったのか。詳《くわ》しいことは何も知らないということも。

「なるほど、つまり、その辺りの詳しい情報を知りたいってこと？」

「うん。本人にはなかなか聞けなくて。でも、知っておきたいなって思うから」

「ふうん。うんうん、なるほど」

途端、三浦さんの表情が悪そうな笑みに変わったから、ハッと直感が働いて慌てて両手を振った。

「ちょっと待って、違うからね、そういうんじゃなくて」

「いやいや、わかってるよ。ナイショにしておくから。倉沢さんに彼氏いるなんて知れたら、悲しむ男子多そうだしね」

「だから違うってば！」

やっぱり変な勘違いをされている。わたしとハナの関係。聞いてこないと思ったら、なんか勝手におかしな想像をしているみたい。

「ハナは、そういうんじゃなくて。なんていうか、その……」

友達とも言えないけれど、だからって彼氏だとか、好きな人だとか、そういうのとは違って。嫌いじゃないし、もちろん好きだけど、その好きっていうのは三浦さんが思ってるのと違くて。

わたしは、ただ。

「……倉沢さんってもっとクールな人だと思ってたけど、案外、ていうかすごくかわいいね」

「……三浦さんは、結構意地悪だね」

鏡を見なくても今の自分の顔がどういう状態かわかるから、恥ずかしすぎて顔を見られなくて目を伏せた。どれだけ否定したって、こんな顔じゃ説得力はまるきりゼロだ。

……くそ。ハナのやつ、憶えてろ。

なんて、意味のない八つ当たりを、心の中でしてみたり。

「ま、その辺りはおいおい聞くとして、芳野先輩のことだけど」

三浦さんは机の上をこつこつと指で突きながら、思い返すように視線を斜めに向けた。

「あたしもそんなに詳《くわ》しくは知らないんだけどね。ただ、あの障害は事故でって兄貴に聞いたよ」

「事故?」

「うん。中一のとき。結構派手な事故だったらしいよ。交通事故」

その事故についての詳細はわからないけれど、しばらく入院していたほどの大きなものだったみたいだ。

『頭のビョーキでね。じゃなくて、ケガだったかな。忘れちゃった』

ハナはあのとき、本当に綺麗に忘れていることなのか、それとも知ってはいたけどとぼけていたのかわからないけれど、そう言っていた。

でも、事故っていうことはつまり、病気じゃなくて怪我が原因で、後天的に突然に、理不尽《りふじん》に起こったっていうこと?

「確か、一日しか記憶がもたないんだっけ。なんかね、その事故より前の記憶は普通にあるんだけど、それよりも後の記憶が、一日しか続かなくなったって」

「そう、なんだ」

だからハナは中学校の名前は言えたんだ。わたしが憶えているのと同じように、そこに通っていた記憶は頭の中にあるってことだ。

でも、中学校生活の大半と、高校に上がってからの今まで。そしてこれから。ハナの頭の中にはたった一日しかない。

「芳野先輩ってさ」

わたしの顔を見て、三浦さんが少し困ったように眉を下げる。

「そういう事情もあって目立ったからね、学校ではよく目に付いたけど、障害のことなんて知らなきゃ本当にわかんないくらいいつもすごく楽しそうだったよ。反面、よく早退したり、休みがちでもあったみたいだけどね」

「今でも、高校よく休むんだって」

「そうなんだ。あはは、なんか全然変わってなさそう」

表情を変えて明るく笑う三浦さんには、嫌味も同情もなにひとつなくて、やっぱりハナと仲良くなれそうだなって思った。

それから、こういう人たちばかりが、どうかハナのそばにいてくれたらって。

「どんな人なのかなあ。ちょっと気になるな」

三浦さんが頬杖《ほおづえ》を突く。

「ハナのこと？」

「うん。なんか思い出したら気になった。本当はどんな人なんだろうってさ」

「どんな人、か」

「そ。て言うか、なんだろ。倉沢さんが気にしてる人がどんな人か興味がある、って言うほうが近いかな」

にいっとくちびるを持ち上げて、三浦さんは上目でわたしを見上げた。まるい大きな瞳は楽しげで、なおかつ悪戯っぽい。

「なんか進展あったら絶対教えてね」

「だ、だから、わたしとハナはそういうのじゃないって」

「はいはい。あ、そうだ、倉沢さんってもう原付持ってる?」

「え? う、うん。持ってるけど」

なんだかうまい具合にかわされてしまったみたい。追及されたくもないけれど、こんな中途半端に誤解というか、変な解釈をされたままなのも困る。かといって、もう面倒で、言い返す気にもならないけれど。

「最初は知り合いからスクーターを貰おうと思ってたんだけどね。結局自分で違うやつを買ったんだ」

「違うやつってスクーターじゃないんだ? バイクのちっちゃい版みたいなやつ?」

「うん、そんな感じの」

荷台が後ろにあるだけで荷物はそんなに運べないけど、大きな物を持ち歩いたりはしないから、わたしにはそれで十分だった。

どこかに行きたくて取った免許と、自分で買った小さなバイク。

「ねえ、あたしが原付買うときにさ、相談乗ってもらってもいい？」

「うん、いろいろ教えてくれたお礼に」

わたしもあんまり知らないけど、と付け加えると、三浦さんはまたからからと笑った。わたしもちょっと笑い返して、それからチャイムが鳴ったから、窓際の自分の席に戻った。

授業を聞きながら、また今日も空を眺めていた。でも、頭の中は空っぽにはならなかった。なんだかいつだって誰かの顔が浮かんで、なんだかいつだって誰かの声が聞こえる。

カシャリとカメラのシャッター音がする。気のせいだってわかってる。

——セイちゃん。

聞き慣れた、だけど最近知った柔らかな声に名前を呼ばれた。

頭の中で響いた声だった。

頬杖を突きながら、ハナは、もう、わたしと出会ったときのことは憶えていないんだろうなと考えた。昨日までの日々。まだ短い、きみと過ごした日々と、きみを知らなかった長い日々。もう、きみの中にはない日々。

どっちかが言ったわけじゃない。でもいつからか、どっちが先に来るか、なんとなく競争するようになっていた。

学校から公園までの道のりは遠い。徒歩通学のわたしには決して楽じゃない距離だったけれど、一度家に帰ってからとか、今日は行くのをやめようなんて考えは一切浮かんだことはない。

今度から、学校も自転車で通うようにしようかなあ。そんなことを思いつつ歩いていたら、いつの間にか着いていたいつもの公園のいつもの丘。

「……やった」

頂上を見上げながら小さな独り言を漏らした。ハナはまだ来ていない。珍しくわたしの勝ちだ。

相変わらず何もないこの場所に、人の姿はまったくなかった。エンジン音とか電車の音とか街のざわめきは近くにあるのに、ここだけ世界から切り取られたみたいに静かだ。不思議な気がした。でも心地良かった。

わたしはひとつ息を吸って、短い芝の上を登っていった。

「んー」

小さな丘の上でぐっと伸びをしてみる。

空に向かってパーに開いた手のひらの向こう、今日は見事な快晴だ。

乾いた地面に腰を下ろした。足を芝生がくすぐって、少しこそばゆかった。でもそれもすぐ慣れる。

風が、気まぐれにどこかへ吹いていく。カバンを横に寝ころばせて、足を投げ出してどこでもない場所を見た。

空と街の境目。鳥みたいに飛んでいく、一枚の楓の葉。

ごく普通の何気ない景色だ。いつもと変わりなくて、空は晴れててもどこか濁っているし、狭いし、緑も暗くて鮮やかじゃなくて。

でも、わたしにはなんの感動も湧かないこの景色も、きっとハナなら綺麗だって言うんだろう。一日経てば忘れるこれを、残すために写真に撮って。

なんとなくカバンに手を伸ばして、ケータイを取り出した。カメラにモードを切り替えて、適当な場所に向けてみる。

小さな画面に写るのは、実物と少し色の違う空と、見切れている楓の木。ケータイをちょっと動かすと、画面の中もそれに合わせて景色を変える。

風が吹いた。右から葉っぱが散って、左から、鳩が二羽飛んできた。

――カシャ。

ボタンを押して、景色を止めた。ハナのカメラの音と似ているけれど、それよりももっと電子的な音がした。

なんだかよくわからないものが撮れた。小さな楓の葉ははっきり写っているけれど、鳩は速く飛んでいたからかぼけていてなんだかUFOみたいだ。思っていた画とはちょっと違う。うーん、写真って案外、難しいんだな。

「うん、いい写真だね」

「うわ!」

突然の声に心臓が跳ねた。振り向くと、いつの間にかハナがわたしの後ろに立っていた。

「セイちゃんこんにちは」

「ハナ! おどかさないでよ。いつからいた、の」

どきどきする胸を押さえながら声を上げて、でも、それが尻すぼみになってしまったのは、今日のハナの格好を見てもう一回驚いたからだ。

「ハナ、その格好」

「ん? うん、今日はちゃんと一日学校行ってたから」

「学校……」

今日ハナが着ている服。それはいつもの私服じゃなくて、胸に校章の付いたモスグリーンのブレザー。この辺りじゃ一番お洒落なその制服は、この地域の中高生の憧れでもある。ハナが通ってるっていう、有名私立の制服。

「………」

ちょっと、見惚れてしまった。

いつものハナと同じなのに、いつものハナと違う雰囲気。ハナ自身は何も変わっていないのに、わたしから見れば、ハナの、意外で新しい姿を発見って感じで。なんか新鮮で、ほんと、いつもと違くて。

「何、セイちゃん」

ハナが顔を覗き込んでくる。どきりとして、う、と喉の奥で声が詰まった。

言えない。言えない？　何を？　見惚れてたって。そうかな、言えないかな。そんなこと、ない気がする。

「かっこいい。ハナ」

ハナがきょとんとした顔をした。そうだよね、わたし、こんなこと言ったことないし。でもいつもハナが素直な言葉をくれるから、たまにはわたしだって素直になってみようかなって思って。死ぬほど恥ずかしいけど。ハナに変に思われなきゃいいけど。

「ありがとうセイちゃん。セイちゃんにそう言ってもらえるの、なんかとても嬉しい」

ハナがくしゃっと笑ってそう言うから、ボッとほっぺたが焼けるかと思った。とっさに下を向いて隠しても、その動作自体も不自然で、今度こそきっと変に思われたに決まってる。

だけどとてもじゃないけど今はだめ。しばらく顔は上げられそうにないよ。だって顔中がこんなにも熱い。

「…………」

ハナが横に座った。俯いた視界の隅で、わたしと同じように伸ばされた足。品のいいブレザーに不釣り合いのスニーカーが、わたしのローファーよりも少しだけ遠い位置に見える。

「セイちゃん、さっきの写真もう一回見せて」

そう言うハナに、わたしはこくりと頷いて、下を向いたままケータイを手渡した。

ケータイの画面には、決して良いものとはいえない写真。直に見るのとはちょっと色の違った空と、葉っぱと、UFOみたいなぼやけた鳩。

「あは、これ、UFOみたいだね」

わたしが思ったことと同じことをハナが言った。

それから「いい写真だね」って、さっきわたしを驚かせたときと同じことも。

「どこがいい写真なの？　ちょっと失敗しちゃったくらいなんだけど」

「いいんだよそれで。プロじゃないんだから、出来不出来なんてどうでもいいし、わかんないでしょ。それよりも自分が撮りたいって思った瞬間を撮ったことがいいんじゃないかな」

「ふうん、よくわかんないけど」

「いい写真だよ。これ」

ハナからケータイを受け取る。

画面にはまだ、さっき撮った一瞬の風景が写っている。

「いい写真、かあ」

そんなわけない。プロじゃなくたってそれくらいわかるんだ。どう考えたって下手くそなんだもん、センスも情緒もどこにだって見当たらない。

だけどきっと、これはずっとケータイの中に取っておくんだろうなって思った。恥ずかしいからハナには言わないけど、なんとなく、消せそうにはない。


その日は、ハナが学校帰りでカメラを持ってきていなかったっていうのもあって、珍しくどこにも散歩に行かなかった。わたしたちはずっと公園の丘のてっぺんに座って、日が暮れるまでどうでもいい話をし続けた。

ハナの、久しぶりに行った学校のこととか（知らない人だらけでつまらなかったたって言ってた）。わたしが原付の免許を持っていることとか（めちゃくちゃ驚かれた）。

ほんと、いろいろ。

「セイちゃん、バイク乗れるんだ」

「バイクじゃないよ。原付。ちょっとポンコツの」

「へえ、いいなあ。僕も乗りたいな」

ハナが本当にうらやましそうな顔をするから、ハナも免許取ればいいよってつい言いそうになった。だけどハナが、わたしと同じように簡単にこういう免許とかを取れるのかわからないから、代わりにこう言ってみた。

「乗せてあげようか、後ろに」

「え、本当に？　でもふたり乗りってしてもいいの？」

「原付はダメだけど、バイクの後ろに乗せてあげる。わたしそのうちバイクの免許も取るから」

たぶんね、と続けると、ハナはふっと笑って目を細めた。

「それは、約束？」

「約束じゃない。だから忘れるかもしれないけど、でも、必ず乗せてあげる」

他の誰かが聞いたら意味がわからないって呆れるかもしれない。でもハナはそんな顔はしなくて、「うん、楽しみにしてる」と、わたしに答えた。

「よし、じゃあセイちゃんが忘れないように書いておこう」

「忘れるのはハナでしょ」

「あ、デリカシーないなあ」

そう言いながら顔では笑って、ハナは例のノートの一番新しいページを開く。

『セイちゃんがバイクに乗せてくれる（らしい）』

最後にかっこをつけるハナに、わたしはくすりと笑って「そうらしい」って呟いた。

いつか、ハナが言っていたことがある。

『約束は嫌いなんだ』

なんで嫌いなのか、その理由については話さなかったけど、ハナはわたしを見ずに、唐突にそんなことをぽつりと言ったのだ。

どういう思いでハナがそのことを口にしたのか自分から話さないハナに、わたしから聞こうとは思えなかったけど、ただひとつ思ったのは、ハナにとっての約束は、わたしにとってのそれとは違うっていうこと。

〝今〟しかないハナに、先につながる〝約束〟なんてきっと意味がないし、必要もない。昨日した約束も明日には忘れる。そんなのはきっと交わした瞬間に終わったのと同じだ。

『さあ』

ハナに明日会えるかって聞かれたとき、わたしはそう答えて、ハナは笑った。

あれでよかったんだって後から気付いた。いつかのことは期待だけして、いつか決めればそれでいい。ハナにとっての日々は、きっとそういうふうに繋がってる。

もちろん、そんなのただの憶測だし、ハナにとってはもっと別の理由があるのかもしれないし、そもそも理由なんてものすらなかったりもするのかもしれないけれど。

でも、ハナがそう言ったのは事実で——ハナがそれを憶えているかいないかはともかく——わたしがその言葉を憶えていることも確かで。だからわたしはハナと約束はしないって決めている。いつか、という約束は。


随分日が暮れてきた。ハナはいつも、わたしがひとりで帰ることを心配してか、空が暗くなってくると早々にわたしを帰そうとする。

ハナとこうして会うようになるまでもっと遅い時間まで平気でふらついていたこともあるわたしとしては、まだまだ十分にいてもいい時間なんだけれど、案外律儀で真面目なハナは、長くわたしを留めようとはしなかった。

「そろそろ帰ろっか」

今日も気付いたら暗くなっていた空を見上げて、ハナがいつも通りに呟いた。

わたしは、本当は家に帰りたくなくて、まだここにいたいと思うんだけれど、そうするとハナが心配そうな顔をするから、もう素直に従うことにしていた。

「うん、帰ろ」

「ひとりで大丈夫？」

「大丈夫、ありがと」

カバンを持って立ち上がり、お尻の草を軽く払う。先に丘のてっぺんから降りたハナが下から手を伸ばしてくれるから、その手のひらに自分の手を重ねた。

「ハナ」

そのとき下から聞こえた声。それは馴染んだ名前を呼んでいるけど、聞き慣れない声だった。

「あ、兄貴」

振り返ったハナが、いつの間にか丘の下に立っていた男の人にそう言った。

薄暗くなってきた代わりに灯された街灯が、その人のいる場所をぼんやりと照らしている。

ここから見てもわかるくらい、背が高くてかっこいい、整った顔立ちの人だった。

でも、女の子がうらやましがるような大きな目とか、ふわふわしていそうな髪とかは、わたしの手を握る人のものと似ていて優しい感じがする。

兄貴、って言ったね。つまりこの人、ハナのお兄さん？

「どうしたの兄貴。学校は？」

「ゼミが休講になって早く終わったんだ。お前がここにいるかと思って来てみた」

丘の上からその人を見下ろすハナの少し後ろで、わたしはハナの手をぎゅっと握ったままふたりを見ていた。

するとふいに、男の人の視線が動く。それがわたしの視線と真っ直ぐにぶつかって思わずどきりと心臓が跳ねた。ハナよりもきりっとした、大人の男の人。でも、ハナと同じ、とても柔らかな表情。

「きみは……セイちゃん？」

びっくりした。

その人の口から、まさかわたしの名前が出てくるとは思わなかったから。

「あれ？　兄貴とセイちゃん、会ったことあったんだ？」

「いや、初めてだよ。お前が写真見せながらいつも話すから憶えたんじゃないか」

くすくすと笑うその人に、ハナは「そうだったか」と呟いて、同じように息を吐き出して笑った。それからゆっくりと、わたしを連れて丘を降りていく。

何勝手に人の写真見せてんだ、とか。知らないところで話題にするな、とか。いろいろ怒りたいところなんだけど、ひとつも口に出せないままでわたしはハナの手に引かれていた。

「セイちゃん、これ、僕の兄貴」

ハナがその人――ハナのお兄さんを指して、それからわたしのこともそうした。

「兄貴、こちらはセイちゃんね」

「うん。はじめまして、ハナの兄の芳野葉《よう》です」

お兄さんがぺこりと頭を下げるから、ハッとして、わたしも慌てて下げ返す。

「はじめまして、倉沢星です」

「いつもハナがお世話になってます。自分勝手なこいつに付き合ってくれてありがとね」

「い、いえ、こちらこそ」

もう一度顔を上げると、お兄さんとモロに目が合った。ドキッとして、思わずハナの後ろに隠れるように後ずさると、お兄さんはなぜだか楽しげに微笑んでいた。

ハナのお兄さん。背が高くて、そばに来ると随分見上げてしまうけれど、それでも威圧感のない、ハナと同じ柔らかな空気を持つ人だ。年上なだけあって落ち着いた感じがあるけれど、やっぱりどこか、外見はもちろん、それだけじゃない部分もハナと似た雰囲気がある。

ハナにお兄さんがいることは、三浦さんから聞いたばかりで知っていたけれど、まさか会うことがあるなんて思っていなかったから驚いた。

でも。

「迎えに来なくていいって言ったでしょ。さすがに僕だってここから家までくらいひとりで帰れるよ」

「別に心配してるわけじゃないさ。お前はいつもひとりでふらふらするもんだからたまには付き合えって思っただけだろ」

「ふらふらなんてしてないよ。今日はちゃんと学校行ったし」

「うん、偉いな。よくやった」

そう言ってわしわしと頭を撫でるお兄さんの手を、ハナは面倒そうに、でも嫌々じゃなく受け入れていて、なんだか意外な一面を見たような気がした。

どっちかっていわなくても穏やかで、マイペースなハナだけれど、お兄さんと喋っているハナはちょっと違ってる。わたしの前のハナももちろん素《す》なんだろうけれど、それとは違う部分も自然と出てるみたいな。それくらいハナとお兄さんは近い場所にいるんだ。

家族なんだなあと思う。少しだけそれがうらやましい。

「…………」

無意識にふたりをじっと眺めていたら、ハナがそれに気付いてばつが悪そうにわたしに笑った。

恥ずかしいことなんてないからそんな顔をしなくてもいいのに。ハナの知らないところを見られたのが、わたしはちょっと嬉しいんだ。

「そうだ、セイちゃん帰らないといけなかったね」

ハナが空を見上げる。さっきよりもまた暗くなっていて、もう少しすれば星も見えだしてくる頃だ。

「気を付けてね」

「うん。じゃあ、失礼します」

お兄さんにもう一度頭を下げて、カバンを肩にかけ直した。

そして歩き出そうとしたところで、「あれ？」というお兄さんの声に足を止める。

「ハナ、お前セイちゃんを送っていかないのか？　もう暗い。ひとりじゃ危ないだろ」

「んー、セイちゃん、ひとりで大丈夫って言ったけど」

「何、毎日ひとりで帰ってるの？」

「あ、えっと……」

ちらりとハナを見ると、ハナもいつもはどうしていたっけ、という感じで首を傾げてわたしを見ていた。

「いつもひとりで帰ってますから。大丈夫です」

「でも今日は俺もいるし。いいよ、送ってく。なあハナ」

「い、いいです！」

つい、声を上げてしまった。

ハナとお兄さんがきょとんした顔を向けたところで、しまったと思った。

慌てて目を伏せて、スカートを掴んで、自然と、早口になる。

「あの、わたし本当にひとりで帰れますから、すいません」

「セイちゃん」

「大丈夫だよハナ。じゃあ、またね」

手を振って、ふたりが止める前にそこを離れた。どんどん進んで、まるで逃げるみたいにしばらく小走りで。肺《はい》が苦しくなった頃にようやく歩く速度を緩めた。

慣れた道、歩道の端っこをゆっくりと歩いていく。深く呼吸をしながら、ドッドッドッと鳴り響く胸の辺りを右手で押さえた。靴は履き慣れたローファーだったけど、珍しく走ったせいで足が痛い。

見上げるといくつか星が光り出していた。空はこれからも暗くなるけれど、この辺りからじゃ、この後もこれ以上の星は見えないはずだ。

「……はあ」

変に、思われただろうな。あんな逃げ方、なんだかやましいことでもあるみたいだ。馬鹿みたい。変な意地、張っちゃって。

たぶんわたしは、ハナにわたしの本当の日常に入り込んでほしくないんだ。綺麗じゃない、わたしの日常。

わたしにとってハナと過ごす時間はそれとはまったく違うものだから、だからこそハナにはわたしの中に入ってきてほしくはないんだ。

きみにはいつでもきみの世界にいてもらいたい。わたしとは違う場所で。わたしがときどき勘違いした世界を見られる場所。それがハナのいるところであってほしい。

そう、きみとわたしは、違う場所にいる。


ケータイの画面を何度もじっと眺めていた。

あの丘で撮った写真。空と楓の葉とＵＦＯみたいな鳩の影。

『自分が撮りたいと思った瞬間を撮ったことがいいんじゃないかな』

ハナはそう言っていたけれど、正直、わたしは本当にこれが撮りたかったものなのかよくわからない。どれだけ見たっていい画じゃないし、とくになんの感慨も湧かないし。

たぶんわたしは、ハナの真似をしたかったんだと思う。忘れないようにと、憶えておけるようにと、何気ない一瞬を切り取って思い出にするきみのことを。わかり合えも、同じものにもなれもしないけれど、少しでも近づけたらと思って。電気も点けない暗い部屋の中で、ベッドに仰向けになりながら画面の光を見続けた。

そのせいで目が痛くなって、画面を切ってからぎゅっと目を瞑った。不透明な暗闇に、いつかの記憶が流れていく。

星空が浮かんでいた。

それは本当に、綺麗な星空。小さな手がその星のひとつを掴もうとして、だけど届かない、宝石みたいな、かすかな光。

忘れていた思い出だった。消えたわけじゃなくて、心のずっと遠くにしまわれていた記憶。

のそりと体を起こして窓の外を見上げた。すっかり真っ黒に染まった空には、ぽつぽつといくつかの星。空はたったひとつのはずなのに、今見えるのは思い出の中とは違う空。ここじゃない空を、わたしは憶えている。

「……確か」

もうひとつ、思い出したことがあった。わたしの頭の中だけにあるその景色を、確かな物として残してあること。思い出を形にしたものがあるんだ。そう、ハナがいつもやっているのと同じ方法で。

少し考えてからベッドを降りた。あれはリビングのどこかにあったはず。

音をあまり立てないようにドアを開けた。部屋を出て、一階へ続く階段を静かに降りていく。だけどその途中で。

「うるさい！」

ぴたっと、足が止まった。

階段の一番下の段、下ろした足でそれを踏む前に体はもう動かなくなった。

……ああ、だめだ。もうだめ。

見えていたものが、どんどんどんどん消えていく。

「だから付き合いだって言ってるだろうが！」

「こんなに毎日行かなくちゃいけないものなの⁉」

「仕方がないだろ！　仕事のひとつなんだよ！」

「仕事だって言えばそれで納得するとでも思ってるわけ⁉」

リビングから聞こえる地鳴りみたいなお父さんの声と、金属を切るようなお母さんの声。心臓がいやに大きく響いた。耳の奥で鳴っているようで、だけど痛いのはやっぱり胸で。じわじわと世界がくすんだ色に変わっていく。

お父さんがもう帰ってきていたなんて気付かなかった。知っていたら降りては来なかったのに。いつもみたいに布団にもぐって、ただ小さくうずくまっていたのに。

お父さんとお母さん、ふたりが揃《そろ》うときはいつだってこうだ。顔なんて合わせなきゃいいのに、それでもお互いを見ないまま、ぶつかり合ってひびをつくる。

「疲れてるんだ。もう騒ぐのはよしてくれ」

「そういう言い方はないでしょう！　私だっていろいろと大変なのよ!?」

「俺だけが働いてるんだ！　家のことはお前が全部やる約束だろう！」

「あなたはいつもそうやって、なんでもかんでも私だけに任せて好き勝手にやって！」

「好き勝手とはなんだ！　俺だってなあ!!」

「何よ、全部私ばっかりじゃない！　星のことだってねぇ!!」

――ギシ、と床が軋んだ。

同時にふたりの視線がハッとこちらに向いた。

しん、と、耳が痛いくらいの静けさが、一瞬だけ漂《ただよ》う。

「……星」

今までのものと違う、かすれたお父さんの声が名前を呼んだ。

わたしは階段の陰から出て、ゆっくりと、ふたりに視線を合わせる。なんともいえない顔をしていた。酷《ひど》い顔だ。

でもきっとそれ以上に、今のわたしも、見られない顔をしているんだろう。

「………………」

無理にでも笑って、お父さんおかえり、とでも言えばよかったんだろうか。だけどどうしても笑えなくて、それどころか声すら出なかった。

お父さんが、いたたまれない様子で視線を逸らし「風呂入ってくる」とリビングを出た。わたしは動かない足で、その場に立ちすくんだままで。

「星？」

お母さんの小さな声が聞こえる。

「どうしたの、お腹でも空いた？　何か作ろうか。何食べたい？」

無理に明るい声を出しているみたいだった。気を遣っているようで、わたしの様子をうかがっているようで。

「オムレツ作ろうか？」

「いらない……」

「じゃあ、紅茶淹れる？　すぐにできるよ」

「いらない。何も、ない」

お腹が空いてるわけじゃない。でも、何もないわけじゃなかった。本当はお母さんに聞きたいことがあったんだ。そのために降りてきた。

どこかにしまってあるはずの一冊のアルバムの場所を聞きたかった。

でも。

「何もないよ。もう寝るね」

「星」

「おやすみ」

お母さんの顔は見ずに、今降りてきたばかりの階段を駆け足でのぼった。お母さんはもう一度「星」とわたしの名前を呼んだけど、追いかけてくることはなかった。

部屋に戻って、ベッドの中でぎゅっと目を瞑ってうずくまった。真っ暗闇の中、必死で震えるものを抱き締めた。

「……っ」

──お父さん。お母さん。

たったひとつの家族なのに、なんでひとつになれないんだろう。いつからこんなふうにバラバラになっちゃったんだろう。

どうしたら、わたしたち、家族に戻れるんだろう。

「……ハナ」

狭い狭い空間の中で、ぽつりと名前を呟いた。

ハナに無性《むしょう》に会いたかった。笑ってくれる人。見えない世界を見せてくれる人。ほんのわずかな間だけでも、わたしをここから出してくれる人。

「ハナ」

今すごく、きみに会いたい。

V

Plumeria

小さな陽だまり

いつもより早く家を出た。制服を着て、カバンを背負って。毎日通う学校までの道を、まだ静かな朝の中、足音を立てて進んでいく。

結局、探したかったものは見つけられないままだけれど。

少し家を出るのが早すぎたかもしれない。元々朝のはじまりが遅いこの辺りは本当に静かで、わたしがゆっくり吐いた息さえ、やけに大きく響いて消える。

一歩一歩、空を見上げながら歩いていた。歩き慣れた道だ。そのうえ人も車も見当たらないから、前なんて向かなくたって平気で進んでいける。ローファーがこつこつと、あんまりよくないリズムでアスファルトを蹴っていく。

いろいろ思い出した。小さな頃の記憶。

ずっとずっと小さい頃に、お父さんとお母さんの手に引かれて見上げた、どこまでも続く果てのない暗闇。怖いのが苦手で真っ暗が大嫌いだった小さなわたし。でも、そのとき見た暗闇の世界だけは、他のどんなものよりわたしの心を鷲《わし》掴んだ。

小さな光の穴がいくつも暗闇に開いていた。届きそうで届かなくて、でも確かにそこにある、とても綺麗なもの。

『きれい、お星さま』

『うん、星の名前とお揃いだ』

『おそろい』

『そうだよ。あのお星さまと同じくらいに、星もきっととても綺麗な人になる』

……いつの間にか、足が止まっていた。

見上げていたはずの顔も、地面に立つつま先を見て。両手はぎゅっとスカートを握って、くちびるを痛いくらいに噛み締めている。

だめだと思った。

今日はもうだめだ。本当にきつくくちびるを結んでいなきゃ、今にも何かが零れそうで。

気付いたときには別の場所に向かっていた。学校へ向かう通学路じゃない道を走って、肺とか足の痛みなんて無視してひたすらに。心は置いて逃げるみたいに、何も考えずに、どこかに向かって走って行った。

体中の痛みと息苦しさがやって来たのは、ようやく立ち止まった瞬間にだった。心臓の音はまるで耳元で鳴っているみたいで、体の外にまで聞こえてしまいそうなくらいに大きい。何度空気を吸っても足りなくて、乾いた目からだって理由のない涙が出てくる。

今すぐ大の字になって寝転がりたかった。でもそれをしないのは、ここが外だからとかそんな理由からじゃなくて、ただ、そこにいるきみから目を離せないから。

「セイちゃん」

いつものあの公園。その丘の上にいるハナは、驚いたみたいにわたしを見ていた。たぶんわたしも、同じ顔でハナを見ていたと思う。

だって、なんでこんなところにきみがいるんだろう。学校がはじまるのよりも早いこんな時間にいるわけなんかないのに。会いに来たけど、本当に会えるなんて思ってなんかいなかったのに。

「……ハナ」

「おはよう、セイちゃん」

ハナの表情は、すぐにいつものふわりとしたものになった。それを見上げていたら、なんだか張り詰めていたものがパンとはじけて、わたしはへなへなと空気が抜けるみたいにその場に座り込んでしまった。

三角に膝を折って顔を埋める。心臓は苦しくてかかとはたぶん擦りむけてて、もうなんか全部が痛い。

「セイちゃん？　どうしたの」

珍しく慌てた様子のハナが、しゅくしゅくと芝を踏んで降りてくるのがわかる。でもわたしは顔を埋めたまま、何も答えられないし、目も合わせられない。

「セイちゃん」

ハナがわたしの名前を呼びながら、わたしの前にしゃがみ込んだ。

「どうしたの。何かあった？　お腹痛い？」

わたしはやっぱり何も言えなくて、呆れられるかなあって、小さな狭い自分だけのスペースで息をついた。

ほんとにわたし、子どもみたいだ。ハナも付き合わなくていいんだよ。こんなわたし、呆れて放ってどこかに行っちゃっていいのに。

でもハナはどこにも行かない。

何も言わないわたしに、もう何も聞かない代わりに両手を軽く握ったままで、わたしの顔が上がるまで黙ってそばにいてくれた。のそりと顔を上げたのは、随分と経ってからだった。酷い顔だったと思う。見なくてもわかるくらいに。

見上げた先にはハナがいた。

ハナはわたしとは正反対の顔で、明るい場所へ現れたわたしを出迎えてくれた。ふたりで向かい合ってしゃがんだまま。また、地面に視線を落としちゃうわたしの指をハナの指が掴んで。

「泣きたい？　セイちゃん」

ハナが聞く。

「……泣きたくない」

「そっか」

ハナはショルダーバッグの中からあのぼろぼろのノートを取り出した。それを、何かを探すように先頭から一枚一枚めくっていく。

「僕ね、起きたらこれを見るのが日課なんだ。枕元に置いてて、一日のはじまりに何をするよりも先にこのノートを見てる」

ハナの指先の動きはゆっくりりで、でも止まることはない。

「昨日までの僕は、何をして、何を見て、何に出会って、何を感じたのか。このノートを読んでそういうのを知るんだよ」

あるページをめくったとき、ハナの指がふと止まった。

「ねえ、セイちゃん」

そう言ってからハナは、そのノートをわたしに見せる。

「ここに連れていってよ。今からここに行こう」

ハナが指差した先の一文。

『素敵なところを発見。秘密なその場所は、セイちゃんが知っている』

わたしとハナの、秘密の場所。

公園の丘の裏側から、そこへの階段が続いていることはもう知っていた。いつも入ってくる入り口よりも随分と狭い民家の門みたいな裏口を出ると、そこからすぐにずーっと長い階段が上のほうまで延びている。なんのためのものなのか。坂道に段々と建つ住宅の隙間を縫って、どこでもない場所へと続く階段。

「そういえばセイちゃん、学校行かないの?」

トントンと、わたしたちはゆっくりとそこを登っていた。

「ハナこそ」

「僕はいいんだよ。でもセイちゃん制服だし、今日学校あるんじゃないの」

「あるけど、今日はもう行かない」

「サボりはよくないな」

「ハナに言われたくないよ」

わたしが言うと、ハナはぷすすと笑った。

街はもう活動をはじめて、いろんな音が聞こえてくる。でもここには、わたしとハナのふたりしかいなかった。

「ねえセイちゃん、グリコって知ってる?」

真ん中らへんまで来たところで、ハナが唐突にそう言った。

「知ってるけど? お菓子じゃなくて、ゲームのほうだよね」

「うん、じゃんけんするやつ。あれやろうよ」

「別にいいけど」

一瞬恥ずかしさも頭をかすめたけれど、どうせ人なんていないからまあいっかと開き直った。

ハナがぴたっと足を止めたのと同じ段でわたしも立ち止まる。

「じゃあいくよ。さいしょはグー、じゃんけんぽん」

ハナの声に合わせて同時に右手を出した。あいこにはならずに最初で決まる。ハナはグー。わたしはパー。

「やった！　わたしの勝ちだね」

「あ、残念だなあ。最初は勝ちたかったのに」

「ぱ、い、な、つ、ぷ、る」

ハナを置いて、パーで勝った六段分上へと向かう。両足をピタリと止めた先で振り返ると、悔《くや》しそうな顔でハナがわたしを見上げていた。

「セイちゃん、次は僕が勝つよ」

「あ、わたしがじゃんけん強いことを知らないいな」

「僕だって強いということを教えてあげる」

「負けたくせに」

「だから次は勝つって」

ハナがグーを突き出すから、わたしも負けじと突き出して。

「さいしょはグー！」

　ふたり同時に声を上げた。


　それから何度もじゃんけんを繰り返して、少しずつ進んだ階段のゴールがようやく目の前に来た今。ハナはあと九段でゴール。そしてわたしはハナの三段下。現段階では負けている。でもまだ結果はわからない。

「あと二回勝てば僕の勝ちだね」

「くっそ……絶対負けない」

　同時にこぶしを向け合って「さいしょはグー」と呟いた。

　大きく腕を振りながら何も考えずに手を開く。

「じゃんけんぽん！」

　わたしはパー。ハナはチョキ。

「やったね、僕の勝ち。ち、よ、こ、れ、い、と」

「ええっ、なんでー!?」

　ハナの前の階段はあと三段だ。つまり一度でも負ければ確実に終わる。もう絶対に負けられない。

　そして勢いで出した次の勝負では、わたしはパー、ハナはグー。

「わ、負けちゃった」

「よし！　ぱ、い、な、つ、ぷ、る！」

「セイちゃんに近づかれた」

「ハナに近づいた。逆転のチャンス！」

別に、負けたからって何かがあるわけでもないしそれは勝ってももちろん同じだけど、でもなんとなく、勝負するからには負けたくないっていう、子どもみたいなくだらない意地があるわけで。

なんでいつの間にかこんなに熱中しちゃっているんだろうって思った。こんなの、本当なら面白く思うような歳じゃないのに。

「セイちゃん勝負だ」

「のぞむところ。せーの、さいしょはグー、じゃんけん」

ぽん。

と、出た手はグーとチョキ。もちろんわたしが、グーだ。

「やった！」

今、ゴールまでの階段は六段。じゃんけんは勝ったけれど、グーでは〝グリコ〟で進める段は三段だけ。

「んー、悔しいなあ」

なんて言いながらもハナが余裕な顔なのは、まだ勝負が決まったわけじゃなくてわたしに並ばれるだけだからだろう。

でも、ハナには申し訳ないところなんだけど、絶対に勝ちたいわたしはここで最終手段の奥の手を使う。

「ぐ、ん、か、ん、ま、き！」

ぴったり、言い終わるのと同時に、左足で長い階段の終わりを踏んだ。

ゴールはあの細い小道の突き当たりだ。日当たりのいい、近所の野良猫のお昼寝スポット。

「やったあ！　ゴールだ‼」

「え。ちょっとセイちゃん、何それ」

「必殺技のわたしルール。さあ、わたしの勝ちだね、ハナ」

くるりとわたしが振り返ると、ハナは腕を組んで呆れ顔で見上げていた。

「まいったな、セイちゃんには敵わない」

そう言って笑うハナの髪が、ふわふわと風で揺れている。

あ、って思った。

透明な空。駅と高架《こうか》。噴水の公園。長い階段。坂に建つ街と遠くの街。

わたしはハナを見ていた。わたしの立つ場所より少し下にいるハナを。近くて遠い、この景色のその中で。

ハナのいる風景。

「ん?」

「ハナ」

「ちょっと、動かないで」

登ってこようとしていたハナは、きょとんとしながらも足を止めた。

「カメラ、持ってる?」

「うん、持ってるよ」

「貸して」

「いいけど、どうするの?」

「写真撮るんだよ。カメラってそれ以外何に使えるの」

「何を撮るの?」

「ハナを」

「僕を?」

「ハナを。撮るの」

立ち止まったままのハナのところへ、わたしが降りてカメラを受け取る。案外軽い一眼レフを落とさないように大事に持って階段の一番上に戻り、そうしてカメラを目の前に掲げる。

四角く切り取られた視界。丸いレンズの向こう。

見渡せる景色は、初めて見たあのときと変わらず息を呑んでしまいそうなほど。囲われていない空と、わたしときみが過ごす街。わたしだけじゃ気付けなかったその広い世界の中心に、今はきみがいる。

「ほらハナ、笑って」

「笑ってるよ」

「もっとだよ。満面で。一たす一は？」

ふっと微笑む。困ったみたいに。

でもそれは、晴れ渡る青空に透けて溶けてしまいそうなくらいに柔らかな表情。

「に」

――カシャ。

その音は、今のきみを一枚のフィルムに残しておくための合図。

きみがいつか……一日経てば忘れてしまうこの瞬間を、きみにいつまでも憶えていてもらえるように。

きみもいる風景を。

「撮れた？」

ハナがこつこつと階段を登ってきた。階段の終点でふたり並んで座りながら、何もない場所でどこでもない風景を眺める。

「ありがとセイちゃん。ちょっと緊張した」

「何それ。人のことは勝手に撮るくせに自分が撮られるのは緊張するんだ？」

「僕、勝手に撮ったりなんかしないよ」

「わたしがどれだけ勝手に撮られてると思ってんの」

「ごめん。ちょっと記憶にないなあ」

ハナが悪戯気にそんなことを言うから、わたしは「ばか」と呆れながらも笑った。そうしたらハナも一緒に笑ってわたしからカメラを受け取り、それから「ねえセイちゃん」とわたしを呼ぶ。

「これでもう、泣かないで済む？」

ハッとした。ハナの言葉に。

ああそっか、と思い出す。

大きく息を吐き出して、おでこを膝に付けた。丘の下で動けなくなったときと同じみたいに小さくなって、でも、気分は全然違った。

軽く目を閉じる。小さな世界。

「うん。泣かない。ありがと、ハナ」

小さな声で、おまけに俯いているせいでくぐもったりもしていて、ちゃんと届いているのかわからなかった。

でも、顔を上げたらハナは笑ってくれたから、たぶん届いていたんだろう。

「ねえ、ハナ」

呼ぶと、何、と返事があった。

少しだけ黙り込む。風が吹いて、電車の音が聞こえて、太陽が目の前で光を広げている。

「うちね、両親がすごく仲悪いんだ」

「うん」

「顔合わせたら喧嘩《けんか》ばっかりで、毎日怒鳴り合っててね。本音で言い合ってるのにお互いの心がわかんないみたいに。いつもいつも一緒にいるのに、遠くに離れちゃってるみたいな」

それは、とてもくだらない話だ。どこにでもあるような、ありふれた、珍しくもなんともない小さなわたしの世界の話。

「別にそんなことが特別なわけじゃないってわかってる。クラスの子だって親が離婚《りこん》してる子何人もいるし、今どき珍しくもないでしょ。でもね、わたしにはどうしても信じられなかったんだ」

初めは不可解で仕方なかった。それから不安になった。信じたくはなかった。自分の家族がこんなふうになってしまったこと。バラバラになってしまったこと。

だってわたしたちはいつだって一緒で、家族なんだから離れてしまうことなんて何が起きたってないと思ってた。そもそも、離れてしまうなんてことを考えたことすら本当はなかった。

だけどひとつじゃなくなった。どこかに壁があるみたいに、心から笑えなくなった。そばにいるのに遠くにいる。きっともう二度と繋がらない手。

いつからこうなったんだろうって、なんでこうなったんだろうって、ときどき考える。だけど人の心が離れるのなんて別に特別なことじゃないから、だからこそもしかしたらはじまりも理由も、明確な答えなんてないのかもしれないけれど。

途方もない、まるで行く当てもなくて、後戻りだってできないような真っ暗な道の上にいるみたい。

「最初っからこんなふうだったらよかったのに」

どうしようもないこんな今が……でももしも初めからこうだったなら、きっと何も思わなかったかもしれない。初めから何もなかったら。ひとつじゃなくて、大切じゃなくて。

「でもわたし、知ってるんだ。ちゃんとした家族だったときのこと。みんなが本当に仲良しだったときのこと」

　確かにそばに誰かがいた。大切な人。大好きな人。世界で一番しあわせなのはわたしだって疑いもしなかったあのとき。

　大好きな人たちに囲まれて、夜空の星に手を伸ばした。とても綺麗なその光をこの手で掴みたいと思った。ずっといつまでも続くと思っていた。決して届かなかったあの光は、どんなときだってそこで光っているんだと思っていた。

　真っ暗闇の中に浮かんだいくつもの光。それがあるだけで大嫌いなはずの暗闇が大好きになった。何も掴めなかった手を掴んでくれる人がいた。大好きな人が隣にいて、大好きな景色を見上げていた。とても綺麗に見えていた。そのときのわたしの世界。

　何よりもそれは、確かに綺麗に。

「だけど、あのときに見たものは、今じゃもう全部嘘になっちゃった。何もかも変わっちゃって、元には戻らなくて」

　綺麗なもの。大切なもの。なんで変わっていくのかが不思議で仕方がなかった。だけどそれでも止まらずに形を変えて、いつの間にかもう二度と戻らなくなってしまっていた。変わった理由はわからないまま、でも、あの景色にはもう出会えないってそのうち知った。そうしたらいつの間にか自分が今いる何気ない景色まで、どんどん汚れて見えるようになった。

どんなに大切なものも、ずっとは残らないんだって気付いた。そんなことを思うほど、どんどん世界は淀んでいった。何も見たくなくなった。いろんなものが嫌いになった。大好きな大切な思い出は、思い出すと心臓がぎゅっとなるから、ずっと奥にしまい込むことにした。

無駄な期待も持たないことにした。目を瞑って、耳を塞いで、小さな殻に閉じこもるみたいにして自分を守ることにした。

だけど。

「今でもときどき思うよ。あのときみたいに戻れたらって」

かなうはずはないんだけれど。戻れるはずもないんだけれど。

それでも思う。もう一度、家族になれたら。

「…………」

せっかくハナが止めてくれたのにまた泣きそうになって、ぎゅっと強くくちびるを噛んだ。

泣きたくはないよ、こんなことで。だって今泣いてしまったら、これまで抑えてきたいろんなものが全部溢れてしまいそうだから。

「そっか」

ハナが、そっと呟いた。

目を向けると、ハナもわたしを見ていた。じっと、表面だけじゃないどこか深いところまでその目に映そうとしているみたいだった。

「セイちゃんの世界が綺麗に見えないのは、そのせい？」

「え？」

驚いた。今わたし、そんなこと言ったかな。

ううん、言ってない。今は、そんなこと何も。

「ハナ、憶えてたの？　わたしが前にそう言ったこと」

そう、今は言っていないけど、初めてハナに会ったときに勢いにまかせていらないことを喋ったのを憶えている。

なんでよく知らない人相手にあんなこと言っちゃったんだろうって、そのあと何度も後悔した。

まだハナのことを知らなかったあのとき。わたしはよく憶えている。だけど、ハナの記憶にはもうないはずのあの日。

「ごめん。たぶんセイちゃんが考えてるときのこと、僕は憶えてないけど」

ハナはこてんと首を傾げて、困った顔で笑った。

だったらなんで、とわたしが聞くより先に、「でも」と続けて、少しだけ目を細める。

「セイちゃんが、そう思ってるように見えた」

ハナが柔らかい表情のままですっと視線を向けたのは、わたしたちの目の前に広がる街と空。

「僕は僕の世界が好きだよ。この街も空もすごく綺麗だ。いつまでも憶えていたいと思う。それくらい綺麗に見えて、それくらい好きなんだ。セイちゃん、きみのことも。セイちゃんが自分のこと、そうじゃないと思っていてもね」

いつかも、似たようなことを言われたっけ。憶えていないはずのハナが、何度も繰り返す、わたしへの言葉。

「僕はきみに何にもしてあげられないね。きみの考えているいろんなことを分けてもらうこともできないし、僕がいくらきみは綺麗だって言葉にしたって、伝わるのは結局それだけで、僕が本当に思ってることはどうしたって伝えられない」

ハナが振り向いた。いつもの優しい顔だった。

「でもね、思うよ。いつかきみが笑いたいときに笑って、泣きたいときに泣けたらって。そういう場所に辿り着けたら、そのときには、そばにいるよ」

ハナが笑うのが合図みたいだった。さっき我慢したはずの涙が、違う理由で出そうになる。なんで出そうになったのかはわからなかった。それも我慢したけれど、堪えるのはすごく大変だった。

どうしたら、わたしもきみに伝えられるんだろう。

いろんなものが汚れて見えたわたしの世界で、でも最初から、きみだけはほかと違って見えたこと。きみはわたしを見つけてくれたけど、きっときみに見つけてもらえなくても、わたしがきみを見つけていた。

そのこと、どうしたら伝えられるんだろう。きみに言葉だけじゃなく、全部をきちんと伝えたいのに、わたしにはまだその方法がわからないから。

「……わたしも、ハナのそばにいる」

それだけはせめてきみに伝えたいよ。

ニャーと鳴き声が聞こえた。ふと見ると、階段の下からいつか見た茶白の猫がてこてこと短い足で駆け上がってきていた。邪魔そうにわたしを睨《にら》みながら脇を通って、後ろの日の当たる場所で横たわる。定位置なのかな、この間も同じ場所で寝てた気がする。

「かわいいね。野良猫かな」

「たぶんね。前にハナ、こいつのこと追いかけて走り回ってたんだよ」

そうしてこの場所を見つけた。

思えばこいつは、わたしたちが秘密の場所へ辿り着くための水先案内人だったってわけだ。

「そうなんだ。じゃあはじめましてじゃないね。僕のこと憶えてるかな」

「聞いてみれば？」

そう言うとハナは本当に「猫くん、僕のこと憶えてますか」なんて猫に尋ねて、だけど当然のように猫は知らんぷりしたまま。おまけにそのうち気持ちよさそうに眠りはじめる。

「まあ、憶えてないか」

「憶えててほしかった？」

「どうかな。別に忘れられても構わないけど」

ちょっと意外な返事だった。なんとなく、〝そりゃそうだよ〟なんて言葉が返ってくるかと思ったけれど。

『でも、僕は憶えていてもらいたいなあ』

前にハナがわたしにそう言ってくれたこと、わたしははっきり憶えている。誰にだって何にだって、ハナだったら同じことを言うと思った。

「さて」

ハナがぽんと膝を叩いて立ち上がった。それからすっと右手をわたしに向かって伸ばす。

「セイちゃんの機嫌も直ったことだし、デートしようか」

向けられた手のひら。それをぎゅっと握ってわたしも立ち上がった。制服のスカートの砂埃《ぼこり》を払って、空いた手でカバンを背負って。

「ハナとのデートはデートじゃないよ」

「あ、失敬《しっけい》だなあ」

「じゃあ今からどこ行って何するつもり？」

「んー、デートといえば、駅前のお洒落な商店街でお買いものとか？」

「でもわたし制服だから、今の時間だったらおまわりさんに補導《ほどう》されちゃうかも」

「ホドー」

ハナはロボットみたいにそう繰り返して、顎に手を当てて考える振りをした。

そうして。

「だったら、この辺りをぶらぶら歩く」

「ほら、デートじゃないじゃん」

からからと笑うとハナはちょっとムッとした顔をしたけれど、すぐに一緒になって笑った。

そのせいで起きちゃったのか、後ろで猫がうるさそうに「ニー」と低い声で唸《うな》るから、わたしたちは慌てて人差し指をくちびるに当てた。

進むのは階段の奥へ続く小路。それから先はどこでもない場所。どこかへ行きたくて、でもどこへも行けないこんなわたし。きみがここにいるそのときだけは、どこへだって行けるような気がしていた。

時間が経つのはあっという間だった。あれだけ朝早くから一緒にいたのに、気付けばもう空はすっかり夜のそれだ。

ちょこちょことゴマ粒みたいな星が闇の中に浮かんで、季節の星座を形作っている。

「さすがに疲れたね」

「こんなに歩き回ったの久しぶり。ていうか、初めてかも」

「ん、僕も」

知らないいろんな場所をまわって、迷子になりかけながらもなんとか戻ってきた噴水の公園。わたしとハナは、丘の上に並んで座って、すっかり疲れ切った体を休ませていた。少し汗ばんだ体に涼しい風が吹き付ける。とても心地良いけれど、それに流された髪が顔にかかるのがうっとうしかった。

「髪ジャマだなあ。もう切ろうかな」

「え、もったいないよ。綺麗なのに」

「でも別に伸ばしたくて伸ばしてるわけじゃないし」

「僕は長いほうが好きだな」

「……ハナの好きなようにする必要はないでしょ」

「うん。参考のひとつとして受け取っておいて」

「どうせ切っちゃうと思うけど」

そう言うと、ハナは「セイちゃんならきっと短い髪も似合うね」と恥ずかしげもなく返した。

思えば、こんな時間までハナと過ごしたのは初めてだ。いつもまだ早い時間でも、ある程度暗くなってきたらハナはわたしを帰そうとするから。

でも今日は、「もう帰ろうか」とハナは言わない。わたしが家族のことを話してしまったせいだと思う。家に帰りたくないと言ったわけじゃないけれど、ハナはたぶん、そんなわたしの気持ちに気付いて気を遣ってくれている。

ハナは優しいから。自分本位な行動ばっかりするくせに、どこかでちゃんと手を伸ばしてくれるんだ。わたしはそれに気付かない振りをして、どこまでもそれに甘えてしまっている。

「今日もたくさん写真撮ったから、現像したらセイちゃんに見せるね」

カメラの液晶画面に画像を映して、ハナが今日の成果を確認していた。

撮った写真はハナが適当に選別して、いくらかまとまったらハナのお兄さんが現像しに行ってくれるらしい。

「わたしが写ってるのは消しちゃっていいから」

「そう言って僕が消すと思ってる？」

「思ってないけど、言ってみただけ」

ごろんと、芝生の上に寝転んだ。くしゃりと鳴る短い芝が耳の辺りをくすぐる。青い草の匂いが吸い込んだ空気に濃く深く混じっていた。地面と平行になったわたしの目の前には、そんなに綺麗じゃない夜空。無意識に手を伸ばしてみたけれど、少なくて遠いあの星を掴めるはずなんてないことはわかっている。

「ハナに見せたい景色があった」

上げた手のひらを下ろして、隣に座っているハナを見上げた。

「ずっと小さい頃に見た景色。忘れちゃってたけど、忘れないように写真に撮ってアルバムに挟んでた」

「見せてくれないの？」

「アルバムがどこにあるか憶えてないんだ。古い写真だから。どこにしまってあるか、お母さんなら、知ってるはずだけど」

声が少しずつ小さくなった。

その理由はたぶんハナも気付いたと思う。知っていても聞けない。とても簡単なことなのに、わたしにとってはそれが何より難しい。

ハナが、すっと目を細めるのがわかった。夜の中、遠くの街灯の少ない灯りだけでもよく見える、優しい顔で笑うきみ。

「見れるといいな。セイちゃんの思い出」

それは、トン、と胸の奥を何かで軽く弾かれたみたいにわたしに届いた。それから
じわじわと沁みていくよくわからない感覚。

ハナといるとよく感じる、少し苦しくて、嫌なわけじゃなくて、でも、無性に泣き
たくなるようなそんな気持ち。

返事はしなかった。元々約束はしないわたしたちだけど、そうじゃなくても「見せ
てあげる」とは言えなかった。

「ハナは」

話を変えたくて出した声はわざとらしく大きかった。内心焦るくらい恥ずかしかっ
たけど、ハナはそれを知ってか知らずか柔らかな表情のままだ。

「何」

「ハナの家族は、どんな？」

「ん、僕の家族？」

「うん。仲良し？」

ハナは少し間を置いた。

言い渋ったわけでも、答えに悩んだわけでもないと思う。わたしの幼稚《ようち》な問い掛け

を、だけど大切に解いていくような、そんな間だった。

「仲良しだよ。すごくね」

はっきりと素直にハナは答えてくれた。

とすんと音を立てて、ハナがわたしの隣に同じように寝そべる。

「うちは両親と兄貴と僕の四人家族。あと、豆柴のコロもいるよ。女の子。セイちゃん家は生き物飼ってる？」

「小学生の頃ハムスターを飼ってたけど、それが死んじゃってからは飼ってないよ」

「そっか。うちのコロはね、ちょうど僕が小学校を卒業するときにご近所さんから貰ってきたんだ。今度セイちゃんに紹介しようかな。犬平気？」

「うん、好き」

答えると、ハナは嬉しそうにふわりと笑った。

それからさっきわたしがしていたみたいに片手を空に向けて、伸ばした人差し指で宙をなぞっていく。何を描いているのかわからなかったけれど、星を繋げているみたいだった。

「父さんは真面目だけどちょっとドジ。母さんはのんびり屋でマイペース。ふたりともたぶん、僕のことでいろいろ迷惑かけちゃってると思うんだけど、僕にはそれがわかんないくらい昔と同じで明るくて優しい人」

わたしの知らないハナの家族の話だった。初めて聞くお父さんとお母さんの話。これから会えることがあるんだろうか、わからないけど、たぶんふたりともハナによく似ている。

そうしてきっとハナはとても愛されていて、だからこそハナは今わたしの隣にいるきみであるんだろう。

「そんで兄貴は……兄貴もすごく優しい。小さい頃からずっと、いつも僕の前には兄貴がいて、でも背中を向けてるんじゃなくて、振り向いて手を引っ張りながら前を歩いてくれてた」

「かっこいいね、お兄さん。優しいのはハナと雰囲気似てたからなんとなくわかるけど」

「セイちゃんは、もう兄貴と会ってたんだっけ？」

「うん、一度ね、少しだけだけどここで会ったことあるよ」

「そっか。兄貴はね、僕の自慢で憧れなんだ」

ずっとね、とハナは言った。

本心なんだと顔を見ればわかった。

「大好きなんだね、お兄さんのこと」

「もうこんな歳になって、こういうこと言うの気持ち悪いかもしれないけど」

「そんなことない。うらやましいし素敵だよ」

心から大切な人たちがいて、恥ずかしげもなく人に語れることって、簡単なようでいて簡単にはできることじゃない。わたしにはできないから一層それが素敵なことだと思うんだ。それができるきみのことが、わたしはすごくうらやましい。

しばらくの間、ときどき会話をして、ときどき黙って空を見上げて、ときどきハナの下手な鼻歌を聴きながら丘の上で時間を過ごした。

ここに着いたときから暗かった空が完全に夜の色になって、吹く風も肌寒くなってきた頃。

「そろそろ帰ろっか」

言ったのはわたしからだった。体を起こして背中の草を払っていると、ハナものそりと起き上がった。

本当に、今日は随分甘えてしまったと思う。今だけじゃない。一日中ずっと。ハナのペースに合わせていろいろとぐるぐる回らされていたようで、でもそうじゃない。わたしがまたひとりで膝を抱え込んでしまわないように、ずっとそばにいて他のことを考えさせてくれていた。

今だって、わたしが「帰ろう」と言わなければ、ハナはいつまでもわたしに付き合ってくれていたかもしれない。

「ひとりで大丈夫？」

「うん、大丈夫」

慣れた丘の斜面を降りて噴水の広場を抜け、駅へ続くほうの広い公園の入り口を出る。

ハナの家はこのすぐ近くらしい。でもわたしが帰る方向とは逆だ。明るい街灯の下でいつもと同じような会話をして、さよならの言葉は交わさずに別れる。それが毎日のことだったけれど。

「倉沢さん？」

ハナに背を向けるより先に、後ろから呼ばれて振り返った。

「三浦さん」

「びっくりしたあ。倉沢さん、こんなところで会うと思わなかったから」

そこには驚いた顔の三浦さんがいた。

もちろん彼女がびっくりしたのと同じくらいに同じ理由で、わたしもびっくりしたけれど。

「三浦さん、もしかしてお家この辺り？」

「うん、そうだよ。すっごく近所。倉沢さん家は確か、南町のほうだよねえ。なんで」

なんでここに、と言おうと思ったんだろう。でも三浦さんはそこでふいに「あ」と声を上げた。

「そういえば、倉沢さん大丈夫なの？」

唐突な質問に首を傾げると「学校休んでたから」と返ってきたので、ようやく今日学校をサボったことを思い出した。

「うん、まあ、大丈夫。ありがと」

「そうだろうね。その感じだと風邪っていうか、サボりっぽいし」

「う、うん。すいません」

「あはは、やっぱり。倉沢さんって真面目そうなのにさ、原付の免許取ったりだとか、なんかこっそり外れたことしちゃうよね」

三浦さんは非難するふうじゃなく、なぜだかとても愉快《ゆかい》そうにそう言った。笑っていいのかわからなかったけど、とりあえずあんまり上手くない笑顔を返しておいた。

「セイちゃんのお友達？」

そのとき、また背中から声がした。今度はハナの声だ。

ひょっこりと覗くハナに、そうだよと返事をしようとして、でも重要なことにそこで気付いた。

見れば、三浦さんの表情が案の定というか、なんというか……変わっている。笑顔なのは同じで、それが楽しげなのも同じで、だけどどこか意地悪げな感じがして。

そう、三浦さんはハナのことを知っている。おまけにたぶん、わたしとハナの関係を変なふうに勘違いしていた、はず。

「なるほどね。そっか、うん、なるほど」

三浦さんはひとりで勝手にいろいろと答えを導き出してくれたようで、うんうん頷くとわたしの手をぎゅっと握り「また報告よろしく」と目を輝かせながら言った。

わたしはもう否定するのも面倒で「……うん」とだけ答えて、後ろで首を傾げているハナに心の中で謝っておいた。

「じゃ、あたし帰るね。よくここ来るんだったら、またうちに遊びに来てよね。うち向こうでケーキ屋やってんだ」

「そうなんだ。わかった、遊びに行く」

「うん。芳野先輩もよければぜひ」

そう言って手を振り、三浦さんは細い坂を慣れたように駆け足気味でのぼって行った。ときどき振り返ってはまた手を振るものだから、わたしたちは三浦さんが見えなくなるまでその背中を見送っていた。

そうして、丁度見えなくなった辺りで。

「僕、あの子と知り合いだったのかな?」

ハナがぽつりと呟いた。三浦さんが〝芳野先輩〟とハナのことを呼んでいたのを思い出した。

「たぶん、知り合いってわけじゃないと思う。三浦さんが一方的にハナのことを知ってたって感じかな」

「そうなの?」

「三浦さん、ハナと同じ中学校だったらしいから」

それでハナのことをいろいろ聞いてしまった、ということはもちろん内緒だ。

ハナは「そっか」と少し安心した顔をして、もう一度、三浦さんが登っていった坂の上を見上げる。

「僕があの子を忘れちゃったんじゃなくて、よかった」

小さな響きはとても柔らかな声だった。だけどわたしがふいにどきりとしたわけは、それでいて、とても寂しそうでもあったからだ。

ふと今、どんな顔をしているんだろうと思った。だけど、覗こうと思っても暗がりでよくは見えなくて、ハナがわたしに振り向いたときにはもうその表情はいつもと同じものだった。

でも、なんとなくだけど、ハナの表情が見えなかったあのとき、ハナはわたしが見たことのなかった顔をしていたんじゃないかと思う。なんでそんな顔をしたのかまでは、考えることができないけれど。

「ところでセイちゃん」

「何？」

「ひとりで大丈夫って言って、全然大丈夫じゃないじゃん」

首を傾げた。何のことだろう。

「南町って遠いんでしょ。こんな時間にひとりで帰るの危ないって」

「ああ、なるほど」

「なるほど、じゃないよもう。送っていくから一緒に帰ろう」

「い、いいよ。ハナが遅くなるし。わたしもう慣れてるし」

「そうだよ、セイちゃん、いつもひとりで帰ってたんでしょ。もっと早く言ってよ」

なぜそれを、という言葉は、言ったら余計怒られそうだからやめた。ハナがわたしの家を知らないのをいいことに、ときには〝近い〟と嘘をついてまでひとりで帰っていたこと。もちろんそんな些細《ささい》なこと、ハナが憶えているはずなんてないと思っていたんだけど。

「ちゃんと書いてあるんだからね」

取り出したいつものノート。ハナは街灯の下に移動してそれをぺらぺらとめくって、開いたところをわたしに見せた。

「ほら、ここ」

「な、何」

　そこに書いてあった一文は、『セイちゃん、ひとりで家に帰る』。

「こ、こんなことまで書かなくていい！」

「僕だってどうでもいいことは書かないよ。どうでもいいと思わなかったから書いたんでしょう」

「思わなかったって、何、わたしをひとりで帰したことに、罪悪感でもあったってこと？」

「憶えてないけど、たぶんそうじゃなくて、セイちゃんがひとりで帰りたそうにしてると思ったんだと思う」

　ハナがパタンとノートを閉じて大事そうにバッグにしまった。

「僕に付いてきてほしくはないみたいだから、一緒に帰るのはやめておこう。っていうつもりで書いたんだって解釈して今日もそうしたんだけど」

　ゆっくりとわたしと目を合わせるハナは、珍しくムスッとした顔をしている。怖くはないけれど、普段そういう顔をしない分、見ると少しどきっとする。顔が自然と引きつるのは、仕方のないことだと思う。

「でも家が遠いならやっぱり危ないし、今日は送っていくよ。もうこんなに暗いしね」

「いや、あの、でも、本当に大丈夫だから。ひとりで帰りたいっていうの、本当に合ってるし」

「それは僕を納得させられるだけの理由なわけ？」

「う、えっと……」

知らず知らず俯いてしまう。正面で組んだ手で、スカートをきゅっと握る。

「ハナに、来てほしくなかったから。わたしの場所に。ハナの場所とは違う。だから」

うまく、説明できないけれど。このわたしの中にあるもやもやしたものをどうやって言葉にすればいいのかわからない。

「僕は気にしないよ」

「わたしが気にするの！　絶対に、ハナには」

言葉が詰まった。

しばらくしんと静まり返って、それからすぐ脇を車が通り過ぎていったのを合図にしたみたいにハナが小さく息を吐き出した。

「わかった。ごめん。セイちゃんが嫌なら無理は言わない」

「わたしも、ごめん。ありがと」

のそりと顔を上げると、ハナはふわりとした顔で笑った。

「じゃあ、送ってく代わりに」

ハナがパッと両腕を広げる。そして、きょとんとしているわたしに向かって微笑んで、ぎゅっと抱き締めた。

「………」

気付いたときには腕の中。こめかみの辺りをふわふわの髪の毛がくすぐっていて、ハナの体温と柔らかな匂いがどこよりも近くで伝わっていた。

「なっ……」

何で、何が、どうなってる。叫び出しそうで、でも声が出ない。

「な、何」

「セイちゃんがきちんと家に帰れるおまじない」

どうにか絞り出したわたしの声とは裏腹に、ハナの返事はいつもどおりの声だった。

「こ、こんなことされたら、余計にきちんと帰れない！」

「そう？」

そうに決まってる。全身の熱がぐるぐる回って体中がふっとうしそうで、心臓がバクバク音を立てていて、夜空の向こうまで、届いてしまいそうで。こんなに近かったらハナにだって聞こえちゃうかもしれない。

こんなに近くに、きみがいるせいで。

「あとね、セイちゃんがもうひとりで膝を抱えないように」

ハナの腕が解かれていく。

少しだけ開いた距離。でもまだすぐそばにいるきみ。

わたしはすごく変な顔をしていたに違いない。真っ赤で、狐につままれたみたいな、自分でなんて到底見られないような顔。

それなのにハナはやっぱり綺麗に、わたしとは全然違う顔でわたしを見るんだ。

「セイちゃん。泣きたいときも泣きたくないときも、きみがひとりなら、そのときは迷わず僕のところへおいで」

ハナはそっと目を細めて、それからわたしの両手を握り、おでこに軽くキスをした。

「そのときは僕がそばにいてあげる」

ゆっくりと離れる手。わたしは小さく頷いて、一歩後ろに下がった。ハナは微笑んだまま「気を付けて」と言って、わたしはそれにまた頷いて、踵を返した。

背中を向けるのは、いつもわたしからだ。一度だけ途中で振り返ったことがあるけれど、わたしが遠くまで行ってもハナはまだ見送ってくれていた。

思えば、ずっと見ていてくれるのも早く帰そうとするのも、わたしをひとりで帰らせることに対するハナの精一杯の心配りだったのかもしれない。

今日は振り返らなかった。息が切れて足がもつれそうになるまで、ずっと走って帰った。しばらくしたら自然に足が止まって、それからはゆっくりと歩いたけれど、体力が戻っても、夜風で冷まされても、いつまで経っても体は熱いままで、心臓の音は世界中に響き渡りそうだった。

Ⅵ

Salvia

確かにあったもの

ポケットに入れていたケータイがブルブルッと震える。取り出してみると、最近アドレスを交換した三浦さんからメールが届いたところだった。

『マイ原付ゲットしました』

たくさんのかわいい絵文字と一緒に送られてきたのは、その一文と一枚の写メ。深いグリーンのスクーターが写っている。

三浦さんが原付の免許を取ったのは先週のことだ。テスト週間最終日で、午前中で学校が終わった後に取りに行ってきたらしい。免許取得のための勉強しかしなかったから、おかげで学校のほうのテストは笑えない結果だったと笑いながら言っていた。

立ち止まって、すぐ脇にあったお店のショーウィンドウの隅にもたれながら返事を打つ。

『その色にしたんだね。三浦さんに合ってると思う』

三浦さんと違って絵文字を上手く使いこなせないわたしのメールはなんとも素っ気ない。どうにか最後に笑顔マークとバイクの絵を付けて、送信ボタンをポンと押した。

それからもう一度、三浦さんからのメールを開いて写真を見てみる。免許を取る前からふたりで相談しながら決めた車種。使い勝手がいいスクータータイプ、それから何よりお洒落さを重視してこれを選んだ。

だけど最後まで悩んでいたのが車体のカラーだ。気に入ったのはレッド、アイボリー、グリーンの三色で、それからひとつをなかなか決められずにいたけれど、最後に選んだのはわたしも同じくこれが一番だと思った色。

　パッと見た印象では、鮮やかなレッドや優しいアイボリーが三浦さんには合ってるようにも見えるけど、明るいだけじゃない三浦さんの人柄の朗《ほが》らかさには、やっぱりグリーンが一番似合う。

　ケータイをしまってまた歩き出す。人の波の中へ逆らわずに乗っていく。土曜日の駅前の大通りはいつにも増した賑わいで、よそ見をしているとすぐに誰かとぶつかってしまいそうになった。誰もがお洒落が売りの商店街でお買い物を楽しみ中で、ショーウィンドウに並ぶマネキンや小物を足を止めつつ眺めている。その中に紛れてときどき隙間を縫って、わたしはなるべく道の端っこを歩きながら早く公園へ続く小路へ抜けたいと少し早足になって進んでいた。

　今日はどれくらい待つだろうかと、無意識に足を動かしながら、そんなことを考える。会う約束すらまともにしていないから集まる時間だってもちろん決めているわけなくて、学校帰りと決まっている平日はともかくとしても、一日中という長い時間がある休みの日にはハナが来るまで随分と待たされることも多かった。もちろん、逆に待たせてしまうこともあったから文句を言ったことはない。それに、わたしはハナを待っているひとりの時間も実は結構好きだった。

人混みの中、ようやく辿り着いたいつもの小路への曲がり角。そこを行こうとしたところで、ふいに、「セイちゃん」とわたしを呼ぶ声が聞こえた。

聞き慣れたような聞き慣れないような。よく聞いているものに似ているけれどそれよりも少し低い声。

振り返ると、ハナのお兄さんがいた。向こうも、ここでわたしと会ったことに驚いているみたいで少し目を見開いていたけれど、そのうちふわりとハナに似た柔らかい笑顔を見せた。


駅のすぐ近くにあるオシャレなカフェのテラス席。ここのお店のことは前から知っていたけれど、ＯＬさんや大学生のお客さんばかりで高校生のわたしが入るのはちょっと気が引けて今まで来たことはなかった。

「おごるよ。好きなもの注文して」

「じゃあ、ミルクティーをお願いします」

「それだけでいいの？　ケーキもあるよ」

「大丈夫です」

斜め前に座るハナのお兄さんを、上目で見ながら答える。お兄さんはふっと微笑んで、わたしのミルクティーと自分のカプチーノ、それからミルフィーユをふたつ頼んだ。

お兄さんは、大学へ行く途中だったらしい。偶然わたしを見かけて（向こうは写真で何度もわたしを見ていて、顔はばっちり憶えていたとのこと）つい名前を呼んだみたいだった。

『ちょっと、話せる？』

ここでお兄さんに会ったこともそうだけど、そう言われたこともわたしには思いがけなくて驚いた。一瞬、もう公園にいるかもしれないハナのことを考えたけど、誘いを断ることもできずにお兄さんとふたりで近くのこのカフェに入った。

「ハナに会いに行くところだった？」

注文したものが届くまでの間、手持ち無沙汰《ぶさた》で道を行く人の流れを見ていたとき、お兄さんにそう聞かれた。一応こくりと頷いたけれど、お兄さんも本当は聞くまでもなく、その答えはわかっていたみたいだ。

「ハナのことは気にしなくていいよ。あいつ、今日は公園に行くの結構遅いだろうから」

「何かあるんですか？」

「ん、病院。月イチでね、定期的に行ってんの」

お兄さんは人差し指でこつこつと自分のこめかみをつつくと、少しだけ眉を下げた。

微笑んではいたけれど、楽しそうな顔には見えなかった。

「セイちゃんは、ハナの怪我のこと知ってる？」

ちょうど注文した品が届いた。お兄さんは頼んだミルフィーユのひとつをわたしにくれた。

「はい。記憶が一日しかもたないことならハナから聞きました。それが事故の怪我によるものだってことは、ハナのことを知っていたわたしの友達から」

「そう。今日もね、それで病院行ってんだ。っていっても検査結果なんて毎回同じで、ただ先生とお喋りしに行ってるようなものなんだけどね。ハナにとってはさ、いつだってはじめましてなのに、なんでか仲良いんだよ、あのふたり」

お兄さんがカプチーノに口を付けたから、わたしも倣《なら》ってミルクティーを少し飲んだ。温かい、とは感じた。味なんてわからなかった。胸の奥がゆっくりと鼓動を強めていく。

検査結果は同じ、ってことはつまり、治る見込みがないってことだ。変わらない。いつまでもハナの持つ記憶の障害はこのまま。

お兄さんはわたしが考えたことに気付いたみたいだった。でも何も言わなかったし、わたしも口に出しはしなかった。

「食べていいよ？」

お兄さんが、まだ手を付けていないわたしのミルフィーユを目で示す。

「ありがとうございます」

とわたしは答えて、そっと三角の先端のところにフォークを刺した。

オープンテラスに座っていたのはわたしたちの他に一組だけ。それでも、テラスの前の大通りはますます賑わいを増していて、静かとは程遠い騒々しさの中にいた。だけどハナのお兄さんだけは、不思議ととても静かな空気の中にいるような感じがした。

ハナと同じだと思った。ハナと同じで、どんなところにいたって自分の世界をつくれる人。反発するんじゃなく馴染ませるようにじわじわと。世界の中に自分の小さな世界をつくって、それからそれを人に伝染できる人。

「ハナが」

ふいにお兄さんが口を開いた。無意識にじっと見つめていたせいでちょっとびっくりしたけれど、お兄さんが通りを眺めていたおかげでその気持ちを知られずに済んだ。

「ハナが最近きみのことをよく話すんだ」

わたしに目を向けたその動作はほんのわずかな動きだった。でも、とてもゆっくり、はっきりとわたしの目には映る。

「楽しそうに、まるでちっちゃい子どもみたいにね、俺にきみのことを話してくれるんだよ」

向き合ったその視線が、あまりにも温かくて、あまりにもそっくりだったから。会いたいなあ、なんて唐突に無性に思う。

「ハナはきっと、きみのことがすごく好きなんだろうね」

優しい声だった。

じわじわと体の奥が熱くなって、それでいて泣きたくなる。

「あいつのそばにいてくれてありがとう」

わたしの顔は、たぶんその反応だけでわたしのハナに対する思いが全部知られてしまいそうなくらい真っ赤だったに違いない。

とてもじゃないけど目なんて合わせられなかった。それでもお兄さんが微笑んでくれているんだということは見なくてもわかった。

そばにいてくれてありがとう、なんて、それはわたしが受け取るべき言葉じゃない。

ありがとう。

そんなことを言いたいのは本当はわたしのほうなんだ。くだらないことばかり考えて、何も見ないで、何も聞かないで、どんどん淀んだわたしの世界が、きみに見つけられたあの日、確かにきみのいる世界と同じにきみのそばでだけ綺麗に見えた。ほんのわずかかもしれない。気休めかもしれない。何も変わっていないかもしれないけれど。でも確かに。

　カシン、と小さな音を立てて、お兄さんのフォークがお皿に乗った。ミルフィーユはまだ半分くらい残っている。

「きみとならあいつは、ひとりにならないで済むのかな」

「え？」

　つい顔を上げてしまった。

　恥ずかしさのあまり、勢いで食べていたミルフィーユの最後のひと口を飲み込んだところだった。

「セイちゃん、もしもきみがよければ、きみの気の済むまででいいから、ハナのそばにいてやって」

　じっとわたしを見つめながら、お兄さんはくしゃりと笑う。笑いながらもどうしてか、今にも泣きそうにも見える顔だった。でも決して泣かない顔。

　少し違和感があった。違和感というか、疑問というか。

　まるでハナにはわたしが必要なんだって、お兄さんは言っているみたいに感じる。わたしがいなければハナはひとりきりなんだって。でもそんなことはない。逆なんだ。

　わたしたちが一緒にいるのは、わたしがハナを必要としているからで、すごく身勝手なことかもしれないけれど、わたしが自分のためにハナといたくてハナといる。だからハナもいてくれるんだ。わたしがひとりにならないようにと。

ハナはわたしがいなくてもいつものハナでいられるし、それにハナはいつだって孤独ではないはずなんだ。だってハナには。

「お兄さんがいるじゃないですか。ハナのそばにはいつも」

そう、家族がいる。

わたしだってもちろん、言われなくても勝手にハナのそばにいるつもりだけれど、わたしよりもずっとハナのことをよく知っていて、強く繋がっている人がハナのそばにはいつだっているんだ。

比べられるようなものじゃないのかもしれない。でもわたしは、本当はうらやましかった。ハナにそんなふうに思える人がいることも。そしてそれ以上にハナにそれほど思ってもらえる人のことも。

「………………」

お兄さんは少し驚いたような顔をしていた。

だけどすぐにすっと目を細めて、

「だめなんだよ、俺は」

さっきみたいな悲しそうな顔で笑う。

「それって、どういうことですか？」

「俺もハナのことがすごく大事なんだよ。大切な弟だ。だからこそだめなんだ。きっと本当はもう、俺はあいつの前にはいられないんだよ」

「どういうことですか？」

「俺のせいなんだよ」

お兄さんはもうわたしのことを見ない。何がなんて、疑問に思ったりはしなかった。聞かなくてもわかっていたから。

ハナの記憶が、たった一日しかもたなくなってしまったこと。

「あのときの事故ね、信号無視した車があいつにぶつかったのが原因なんだけど。そもそも俺が、道路の反対側からあいつを呼んだのがいけなかったんだ。あいつよりも先を歩いてて、早くおいでって。そんなことを言わなきゃ、きっとあの事故は起きなかった」

「…………」

「俺のせいなんだ。あいつのことが何より大切なのに、俺が壊したんだ」

お兄さんの顔は、もう泣きそうなものじゃなかった。そんな後悔きっと、とっくに通り過ぎているんだろうと思う。

大切な家族の思い出を、未来を、壊してしまった瞬間。

お兄さんのせいじゃないことなんて明らかだ。そのときのことを知らなくてもわかる。

だけど〝あなたのせいじゃない〟なんて言葉はとても言えなかった。だって、これまでどれだけの人がその言葉を伝えただろう。何度だって言われて何度だって考えて、何度だって悩んだはずだ。

その途中には〝自分のせいじゃない〟って答えもあったかもしれない。それでも最後に出した答えに、いまさらわたしが何を言えるんだろう。何言ったって無意味で、伝えようとしても届くわけもない。

でも、ただひとつだけ、伝わらなくてもいいから言っておきたいことがあった。

「ハナは、お兄さんのことが大好きですよ」

それはわたしの言葉じゃなくてハナの思いだ。

『小さい頃からずっと、いつも僕の前には兄貴がいて、でも背中を向けてるんじゃなくて、振り向いて手を引っ張りながら前を歩いてくれてた』

事故の瞬間のこともハナは忘れてしまったのかな。わたしは憶えていると思う。早くここへおいでって。そう自分を呼ぶ人のこと。追いつきたくて追いかけたけど、それができなかった。でも、今でも追いかけてる。

『兄貴はね、僕の自慢で憧れなんだ』

わかってほしいよ。ハナの大好きな人なんだもん。ハナは家族のこと、何より大切に思って、愛してるんだから。

「ん……」

そうやって短く答えるのは、ハナと同じだった。それから目を細めて、くしゃりと笑うのも。ハナよりも大人っぽくて凛々《りり》しい顔立ちだけれど、笑うと随分幼く見えた。だから余計にハナに似ていて、兄弟なんだなって今さらなことを思った。

「ありがと、セイちゃん」

――ああ。こんなわたしに、一体何ができるんだろう。何ひとつ、きっと今はできやしない。きみのための役には立てない。この人みたいに、今まできみのそばできみを支えていた人たちみたいに、とても温かいものできみを包んであげられたらいいけど。わたしなんかに何ができるか、わたしにはまだわからない。

でもね、せめていつかでいいから。決してきみは知らなくてもいいから。わたしがわたしのために、消えていくきみの心を、誰かに、どこかに、繋げられる人であれたら。少しはきみは、喜んでくれるのかな。

「そろそろハナも来てる頃だと思うよ」

「はい。あの、本当にごちそうさまでした」

「いいのいいの。それよりも送っていけなくてごめんね。俺も案外時間なくなっちゃって」

「わたしは大丈夫です。もう、すぐそこですし」

「ん。それに、俺がセイちゃんと一緒に行っちゃったらあいつがヤキモチ焼いちゃうしね」

「それはないと思いますけど」

苦笑いをするわたしの横で、お兄さんが楽しげに声を上げる。

小さい頃のハナの話だとか、お兄さんの大学の話だとか（農学部で植物を扱う研究をしてるらしい）を聞いていたら、いつの間にか思った以上の時間が過ぎてしまっていた。

わたしは結局、自分の分をごちそうになっただけでなく、お兄さんのミルフィーユも半分頂き、お腹いっぱいの満足な状態でお店を出た。これから大学へ向かうお兄さんは駅のほうへ、わたしは公園へ向かう反対の道へ行く。

「じゃ、気を付けてね」

「はい、お兄さんも」

手を振るお兄さんにぺこりと頭を下げて、いつも通る道の続きを進んだ。お洒落な商店街の大通りを外れる小路、その奥にある噴水の公園。楓の木に囲まれた静かな噴水広場を抜けると、人気《ひとけ》のない公園の中でも飛び抜けて人気がない場所に出る。

ずっと続く石畳。それの先には芝生が敷かれて、なんのためにつくられたのか突然小さな丘が現れる。

「……っ」

かすかな砂埃。ひとつ風が強く吹いた。反射的に目を閉じて、そしてゆっくり開けると、ひらひらと飛ぶ随分大きい紙ふぶきが、視界の全部に広がっていた。

「………」

風が止んだ途端、それは不規則に右へ左へ舞いながら地面へと落ちていく。

一枚を掴まえてそれが写真であったことに気付き、なおかつ見覚えのある風景であったことに気付いて慌てた。とりあえず近くに落ちているものを手当たり次第掻き集めながら、丘の上で寝ているであろう人を大声で呼ぶ。あまり広い範囲に飛ばなかったのは運がよかった。何枚あったのか知らないけれど、とにかく見つけたものを全部拾って丘の上に登っていく。

「ん、んー……」

ハナはようやく目を覚ましたところだった。子どもみたいな動作で目をこしこし擦りながら、むくりと芝のついた体を起き上がらせる。目の前で仁王立ちをするわたしを見ても驚いた様子はなかった。まだ頭が起き切っていないのか寝ぼけまなこで見上げている。

「あ、セイちゃん、こんにちは」

「はい……こんにちは」

慌てて駆け回ったせいで息が切れていた。涼しい顔であくびをしているこいつとは大違いだ。よほど腕に抱え集めた写真を頭上にばらまいてやろうかと思った。だけどそれを思っただけで留めたのは、もちろんまた拾うのがわたしの仕事な気がしたからだ。

溜め息だけ、わざとらしく大きくつく。

「ハナ、写真飛んでたよ」

「え、うそっ」

「ほんと。紙ふぶきみたいに空飛んでた」

ハナはそこでやっと目が覚めたみたいだった。慌てて立ち上がろうとするのを隣に座ることで止めた。

「大丈夫。もう拾った」

集めた写真はわたしが知っている景色もあれば、まったく知らないものもあった。知っている景色だし、わたしが写ってもいるのに、いつ撮ったのかわからないものさえある。

「たぶん全部あると思うんだけど」

「うん、ありがと。よかったよーさすがセイちゃん」

「どういたしまして」

大事なものなら大事にしろ。って怒りたくなるんだけど、ハナの顔を見ていたらそんな気分もそがれてしまった。まあいっか、なんて思っちゃうあたり、甘いなあって今度は自分に怒りたくなる。

ハナは一枚一枚、ついた砂埃を払いながら丁寧に確認していた。ハナの撮った写真。それはすべて思い出を写したものであり、そのままのハナの記憶だ。

今はもう、きっとハナの頭の中から消えてしまった過去のひとつひとつ。ハナが写真を撮るのは、まるで思い出を頭の代わりに紙に焼き付けているみたいだって思っていた。

だから。

飛んでいく写真を見て驚いた。それでいて怖かった。なんだかハナの記憶が、そうしてハナから離れてどこか遠くへ消えてしまうんじゃないかって。ハナには本当に何ひとつ、残らないんじゃないかと思って。

「よし。ひと眠りしたし、セイちゃんも来たことだし、続きやろっかな」

こんこんと、膝の上で写真の束を綺麗に揃えてから、ハナは隣に置いていたらしいいつものアルバムを手に取った。

「写真、アルバムに挟んでたの？」

「そ。セイちゃんが来るまで暇だったから整理してた。いつの間にか途中で寝ちゃってたみたいだけど」

「大事なもの片付けてるときに寝ちゃダメじゃん」

「あは、そうだね。ごめんね、考え事もいろいろしてたから」

ふうん、と呟きながら見ていた横顔が、一瞬だけ表情を変えた気がした。でもそれは本当に一瞬で、まばたきをした後にはもういつものハナの顔に戻っていた。

ハナはアルバムの一番新しいページを開いて、そこに写真を挟んでいく。最初に選んだ写真は、たぶん今のハナは知らないあの秘密の場所から撮った景色だ。

「そういえば、今日はセイちゃん遅かったね。僕予定があったから今日は負けると思ってたんだけど」

「うん。ハナ、病院行ってたんでしょ」

「あれ、知ってたんだ。僕言ったっけ？」

「ううん。ハナのお兄さんに聞いた。さっきまでわたし、お兄さんとデートしてたんだよ」

ハナの目が丸くなる。それはあんまり見たことのない、本気で驚いているときの表情だ。

「うそ。兄貴と、セイちゃんがデート!?」

「うん、ほんと。駅前のカフェでお茶してきた」

「何それ！　ずるいだろ兄貴のやつ」

フイ、と顔を逸らすハナにあれ、と思った。

「ハナ、もしかしてヤキモチ焼いてる？」

そんなことあるわけないってお兄さんには言ったけど、もしかしてもしかすると、変な期待しちゃってもいいいなら。

「……悪い？」

逸らされた視線が少しだけ戻ってくる。上目遣いなのに、普段猫みたいに丸い瞳は軽く細められて。ほんのちょっとだけ、うらやましいくらいに白い肌が赤くなっている気がするのは、たぶんわたしの希望的観測だ。

「別にね、兄貴とセイちゃんが仲良くなるのはいいんだ。むしろ嬉しいことなんだ。だって自分の好きな人同士が仲良くなってほしいって思うのは当然でしょ。それに僕の兄貴はかっこいいし」

いつもと違う少し早口なハナの声。聞き流してしまいそうになったけれど、ちゃんと拾った重要な単語に今度はわたしの頬が赤くなってしまいそうだ。

でも視線は逸らさない。だってこんなきみの姿、見逃したら一生の後悔だ。

「仲良くあってほしいよ。そもそもセイちゃんのすることに口出しだってしたくもないし。でも、なんだろ、なんかね。よくわかんないけど」

もそもそと膝を抱えて顔を埋めるハナ。今すぐ抱きしめたくなるほどにかわいくて、その衝動を抑えるのにも叫びたいのを堪えるのにも苦労した。じわじわと心臓がむずがゆい。今すぐ叫びながらきみに飛び付けたら、そんなに楽なことってないのに。

「……セイちゃん」

ちら、と垂れた前髪の隙間から、ハナの瞳がわたしを見る。

「なんでそんなに楽しそうなの」

「へ？」

「笑ってる」

言われて慌てて頬を両手で押さえた。もごもごと口元に力を入れて必死で真顔を作ってみる。もちろん失敗だ。

「別に、ハナを笑ってるわけじゃないよ」

「ふうん」

「あ、信じてないでしょ。違うからね。そりゃあ、かわいいなあと思ったけど」

「ほら、馬鹿にしてる」

「してないってば。それにわたしお兄さんとね、ずっとハナの話ばっかりしてたしね」

「それはそれで恥ずかしいんだけど」

「わたしは嬉しいだけだよ。ハナにヤキモチ焼かせられた、って」

「何それ」

ふっとハナが笑う。

困ったような呆れたような、でも柔らかい表情に、また心臓がざわざわする。さっきまでとは違う、もっとぎゅっと締め付ける感じ。

あんなにも抱き付きたかったのに今はもう目を合わせることさえ難しくて、視線を逸らしそうになる。本当は見ていたいけど。もっと、近づきたいけど。

「わかったよ。僕はセイちゃんにまんまとヤキモチ焼かせられました、ザンネン。仕返しに僕もセイちゃんにヤキモチ焼いてもらおうかな」

「え？」

「さっき挟んだ写真にあったんだよねー」

どれだったかなあ、と呟きながらハナはアルバムをめくっていく。

でも、えっと、ちょっと待て。

仕返しにヤキモチって。まさか、女の子と写ってる写真、とか？　いや、女の子だったらまだいいんだけど、ただの女の子じゃなくて、彼女とか、だったら。そういえば勝手に彼女なんていないと思い込んでたけど（いつもひとりでふらふらしてるし、暇そうだし）有名私立の生徒なうえ見た目だっていいんだから、いくら記憶のことがあるとはいっても女の子は放っておかないんじゃ。

「ちょ、ちょっと待ってハナ」

「すごくかわいいんだよ」

「お、おい！」

もしそんなもの見せられたら、わたしヤキモチどころじゃ済まないって！

やだ。見たくない。ホラ、セイちゃん見て」

「あ、あった。って思いながらも見ないでいることもできなかった。止まる前兆みたいにバクバク響く胸の鼓動に、合わせて大きく息を吸う。

「………」

「ね、かわいいでしょう。ほんっとにかわいい。すっごいかわいい」

「かわいい、けど」

「昨日も一緒に寝たんだよ。僕のそばから離れないの」

「うん……かわいいね」

「でしょ。うちのコロは超美人さんなんだから」

これみよがしに開かれて、目の前に突き付けられたアルバムの写真。そこに写っているのは、くりっとした目が愛らしい綺麗な茶色の毛の女の子だった。ハナの家の豆柴コロちゃん。

「かわいいだけじゃなくて賢いんだよ。朝散歩に行ったんだけどね、横断歩道で赤信号だったらちゃんと止まるんだ。偉いよね、しっかりしてるよね」

「うん、そりゃ、すごい」

「ねー本当に。もうかわいくて仕方ないんだよ」

デレデレな様子で、ハナはコロちゃんが写っているところをひとつひとつ見せていく。どアップだったり寝顔だったり、ぷりっとしたお尻だったり。どれもこれもハナの言うとおり、文句なしにすごくかわいい、けど。

「……っぷ！」

「え、何？」

「あはは！　ハナ、ちょっと待ってよ。そんなんじゃあわたしヤキモチ焼かないって」

「えーうそ、こんなにかわいいのに？」

「かわいいのは本当だけど。なんだろ、かわいすぎて対抗できないからかなあ」

むしろコロちゃんにデレデレなハナのほうがかわいい気もするけど。

「なんだ、残念、セイちゃんには効かないか」

ひとしきり笑って落ち着いたわたしの横で、ハナは悔しそうに呟いた。

「コロのかわいさを伝えられただけよしとしよう」

「まあ、それはすごく伝わった」

「あ、でもね、セイちゃん」

「うん？」

アルバムを閉じて向き直ったハナが、わたしを覗くように少しだけ首を傾げた。

「セイちゃんもかわいいよ。コロに負けてない」

一瞬固まってしまった。それからじわじわ顔が熱くなるから、思わずハナから目を逸らす。

「……コロちゃんと比べないでよ」

「だって対抗できないっていうからさ。そんなことないもん。セイちゃんも、誰かに自慢したいくらいかわいい」

たぶんハナって無意識に何気なくこういうこと言っちゃうんだろうな。きみがわたしにヤキモチを焼かせようと思って言ったことよりも、ずっとわたしに衝撃を与えるようなこと。

これって死活問題だ。もうちょっときみには、きみの一挙一動がわたしに影響を与えているということをちゃんとわかってほしいよ。わかられたらわかられたで、いろいろ困るんだけど。

写真の整理を再開したハナは、わたしが拾い集めた束をもう一度全部見返していた。

わたしはそれをじっと黙って横から眺めていたんだけど、途中で見つけた一枚の写真に思わず「あ」と声を上げた。

「それね、わたしが撮ったんだよ」

「セイちゃんが？」

「うん。よかった、結構上手く撮れてるね」

それはハナがひとりで写っている写真だ。空と、遠くの街並みを背景にして緩やかな風の中で笑っているハナ。

「そういえば自分の写真、このアルバムには他に一枚もなかったな」

「そうなの？　もったいないよ。わたしがいっぱい撮ってあげようか」

「いいよ、恥ずかしいから」

「わたしそのセリフ何回ハナに言ったと思ってるの」

そして何回無視されたと思ってるんだ。

ハナは答えず笑ったまま。そうしてそっと、日にかざすみたいに自分の写真を持ち上げた。

「これ、どこかな」

ぽつりとハナが呟いたことに、思わず「え」と声を出しそうになった。でも、そっか、ハナはもう忘れちゃったんだね。

ふたりで決めた、小さな秘密の場所。

「街が下に見えるから、裏の高台のどこかかな」

写真をじっと見つめながら、うーんとハナが首を傾げる。

「セイちゃんは知ってるんでしょ？」

「うん」

「遠くではないよね。駅が見えるし」

「うん」

「ここどこ？」

「秘密」

沈黙が走る。ハナはいぶかしげな顔でわたしをじとっと睨んでいたけれど、そのうちハッと表情を変えた。

「もしかして、秘密の場所？」

まさか憶えていたのか、と思ったけどそうじゃない。たぶん、ハナが毎朝読んでいるというあのノートに書かれていた情報だ。

『素敵なところを発見。秘密なその場所は、セイちゃんが知っている』

いつかの記憶。ハナは忘れてしまった、けれどわたしの頭には空の色さえ、はっきりと残っているあの瞬間。

「うん、その、秘密の場所」

「そっか、なるほど。でもそれって僕とセイちゃんの秘密の場所でしょ？」

「そうだよ」

「だったら僕には秘密にしないでもいいんじゃないの？」

「そういうわけにはいかない。秘密なその場所は、わたししか知らない」

「何それ、ケチだなあ」

「うるさい。ハナだって行ったことあるんだから、忘れるヤツが悪い」

「あ、セイちゃんデリカシーないなあ」

「そのセリフ前も聞いた」

そう言うと、ハナはぷくくと笑って、自分の写真をアルバムに挟んだ。

「秘密の場所は、きみのみぞ知る、か」

透明なフィルムの向こう側から、こっちに笑う自分を見つめて、ハナは独り言みたいにぽつりと呟いた。写真に写るあの日の空は今日ととても似ているけれど、でもやっぱり同じじゃなくて、二度と戻らない空だった。

ハナがマイペースなのは出会ったときから変わりない。たぶん、わたしと出会うよりもずっと前からこんな感じなんだろう。

ハナの写真整理は随分と時間がかかった。何にこだわっているのか毎度毎度、そこに置く一枚をいくつもの中から選び抜かなければいけないし、それがわたしが知っているときの写真であれば、どういうときのものなのかをいちいち尋ねてくるからだ。

だけどハナが悩んでいるのを横から眺めていたり、写真に写る風景を思い出して教えてあげたり、隠し撮りされていたことに怒ったり。そんなふうに過ごしていたらハナに付き合うのも悪くはなかった。時間はあっという間に過ぎたし、嫌だとは、少しも思わなかった。

ハナの写真整理を隣で見ながら考えていたことがある。やっぱりあの写真を、ハナに見せてあげたい。

わたしのいつかの思い出の写真。

真っ暗な空に見たこともないくらいの数の星が光っていた。夜は暗くて怖いと思っていたのに、本当はそうじゃないんだって知った。明るい昼の青空よりもずっときらきらしていた。宝石を散りばめたような、届かない彼方の星空を、わたしは精一杯背伸びして見上げた。

ハナと同じに世界が綺麗に見えていた頃の、わたしの記憶のひとつ。

うん、決めた。今日、帰ったらお母さんにアルバムの場所を聞こう。絶対そうする。大丈夫。それでハナに見せてあげるんだ。喜んでくれるかはわからないけど、わたしの大事な思い出を、ハナにも知ってほしいと思うから。

今日は写真の整理だけでハナとの一日が終わった。夕方から夜に変わる頃がわたしたちがさよならするいつもの時間。公園の小さな丘の上でのんびり過ごしたまま、今日はその時間を迎えた。

どちらともなく立ち上がって、噴水の広場を通って公園の入り口に向かった。別れるのはいつもその場所で。

「わたしね、今日は友達の家に寄っていこうと思ってるんだ。すぐ近くでケーキ屋さんやってるんだって」

「へえ、そうなんだ。ケーキ屋さんかあ」

いつもは入り口を出て坂を下っていくけれど、行こうと思っている三浦さんのお家は反対の登り坂のほうだ。この前詳しく場所を聞いたら、公園から歩いて五分もかからないって言っていた。

「ハナも行く？　顔見せたら喜ぶと思うけど」

「ん、僕はいいや。また今度行く」

「そっか、わかった」

てっきり行くって言うと思ったんだけどな。でもまあいっか、無理に誘うこともない。

「じゃあ行くね」

「うん、気を付けて」

ハナはいつもわたしが見えなくなるまで見送ってくれる。手を振って別れて、それからいつもとは逆の坂を登る方向へ、教えてもらった記憶を頼りに歩いていった。

ちょっといびつな十字路を左へ曲がってから、次にポストのある交差点を右に曲がってすぐ。

三浦さんが言っていたとおりお店はすぐ近くにあった。静かな通りに建つケーキ屋さん。暗くなってきている道路に窓からこうこうと灯りが漏れていて、そこだけとても華やかな雰囲気があった。

「ここ、かな」

外からそっとお店の中を眺めてみた。こじんまりとしているけれど、とてもお洒落でかわいいお店だ。こんな時間でもカウンターの前にはお客さんが数人いて、その奥では女の人（三浦さんに似てるから、お母さんかもしれない）が接客をしている。

どうしよう。忙しそうだし三浦さんの姿も見えないし、お邪魔するのはまた今度にしたほうがいいのかな。でもせっかくだし、何か買っていったほうがいいのかも。

うーんと覗きながら考えていたら、丁度お店の奥から三浦さんが店頭に出てきた。

三浦さんはいくつかのケーキが乗ったお盆を抱えて、お客さんと楽しそうに話をしている。

すごい、本当にお店の手伝いをしてるんだ。前に家族で協力しながらお店を回してるって聞いていたけれど、こうやって実際に普段とは違う姿を見るとちょっとびっくりする。でも三浦さんにとってはこれってあたりまえなんだ。なんだかいろんな意味で、わたしにはないものを持ってるんだなって思う。

しばらくぼうっと眺めていたら、店内にいた最後のお客さんがお店から出てきた。三浦さんがそのお客さんを見送って、下げた頭を上げたところで、パッとわたしと目が合った。

「倉沢さん!」

と言った声は聞こえなかったけれど、口がそう動いたのがわかる。こんなところから覗いていたのが気まずくて、とりあえず下手くそに笑って手を振ってみると、三浦さんはいつもどおり愉快そうに笑いながらお店のドアを開けてくれた。

「芳野先輩はいないの?」

ショーケースの中に並んだたくさんのケーキ。時間が時間だからそれほど多くはないけれど、土曜は平日よりも遅い時間までやっているそうで、まだ選べるくらいに残っている。

「誘ったんだけど、また今度来るって」

「そっかー。あたし結構お話するの楽しみにしてるんだから、次は絶対一緒に来てね！　てか倉沢さんと芳野先輩が一緒にいるとこ見たいだけだけど」

「何それ」

　ハナとわたしはそういうのじゃないって、何回言ったらわかるんだろう。たぶん何回言ってもわかってもらえないと思うから、もう諦《あきら》めて言わないけれど。

「そうだ。ここのケーキ好きなの持ってっていいよ。友達が来たらあげていい？　ってお父さんに聞いたらいいって言ってたから」

　カウンターの向こうにいる三浦さんがこんこんとショーケースをつつく。

「ううん、ちゃんと買うから大丈夫だよ」

「えー、遠慮なんていらないのに。どうせ少しは余っちゃうしさ」

「ありがと。でも遠慮とかじゃなくて今日は買いたいからお金払うね。また今度お言葉に甘えさせてもらう」

「あはは、倉沢さんってほんといい子だなー。あたしだったら絶対、じゃあココからココまで全部！　って言っちゃうよ」

　ショーケースの端から端まで指差しながら三浦さんが言うから、確かに言いそうだってひとしきり笑って、それからもう一度ショーケースの中を見渡した。アクセサリーショップのショーケースと、女の子ならみんなどっちのほうが好きだろう。目移りするほどかわいくて、心奪われるケーキばかりだ。

イチゴの乗ったショートケーキやチョコのババロア。フルーツタルトやティラミスに、今日食べたのと同じミルフィーユ。

まるできらきらしたジュエリーみたいなかわいいケーキが並ぶ中で、でもわたしが一番に気になったのは、表面がほのかに焦げたシンプルなチーズケーキだった。

「三浦さん、これ、三つちょうだい」

「はい、チーズケーキね。オッケー、ちょうど残り三個だ。これ、うちの人気商品ね」

「そうなんだ。食べるの楽しみだなあ」

「ご期待には添えると思うよ」

三浦さんは慣れた手つきでケーキを箱へしまって、わたしの家が少し距離があることを知っているから、ドライアイスも一緒に付けてくれた。

「はい。帰る途中で転ばないようにね」

「たぶん大丈夫。ありがとう」

ケーキと同じで、箱もお洒落でかわいかった。まるで宝箱みたい。箱の底はひんやりと冷たい。

「三個ってことは、家族の分？」

「うん、そう。チーズケーキね、お父さんとお母さんの大好物なんだ」

「なるほど。倉沢さんのパパとママ」

三浦さんが嬉しそうな顔をした。

「うちのケーキはみんなをしあわせにするケーキだよ。家族みんなで仲良く食べてね」

こくんと頷いて答えた。三浦さんは満足そうに、大きな目を線みたいに細めていた。

気付いたらすっかり外は真っ暗だ。お喋りしていたら思ったよりも長居してしまったみたいで、もう完全に夜の時間帯になっていたから、わたしは他のお客さんが来たのを機に「また来るね」って言ってお店を出た。

星のない夜道を家に向かって歩いていく。その途中、公園の前に差しかかったところでなんとなく足を止めた。

まだ、ハナはいるのかな。そう考えて、でも公園には入らずにもう一度歩き出す。いるわけないって。わたしがここを出たときにハナも家に帰ったはずだ。だからわたしももう真っ直ぐ帰ろう。

右手には、お店で買ったケーキが三つ。お父さんとお母さん、ふたりともが大好きなチーズケーキ。特別な日にはよく食べていた。わたしの誕生日にはイチゴのショートケーキだけど、お父さんとお母さんの誕生日にはふわりと焼かれたチーズケーキ。それが我が家の決まりだった。でも今年は一度も食べていない。わたしの誕生日も、お父さんの誕生日も過ぎたけれど、テーブルにケーキは乗らなかった。

小さい頃はいつも、ごはんは三人一緒だった。お父さんはなるべく早く仕事から帰ってきてくれたし、遅いときはお母さんとふたりでお父さんの帰りを待った。

四角いテーブルにコの字型になって座る。目の前にお父さん、斜め横にお母さん。いつの間にか決まっていた家族の定位置。自分たちの場所。いつからそこが定位置じゃなくなったのかわからない。リビングに家族が集まることは、もう随分前からなくなった。

でも今日はもう一度、集まってみようと思う。四角いテーブルを囲って座って、お土産買ってきたって驚かせよう。喜んでくれるかな。たぶん喜んでくれる。

ケーキを食べて、ちょっとしあわせな気分になったら。聞くんだ。あのアルバムの場所を。そうしてハナに見せて、たくさん話してあげる。小さなわたしが必死で焼き付けた、ハナの見る世界みたいな何より綺麗な思い出のことを。大切な話を、いっぱい聞かせてあげたい。

普段は重い足取りの道を今日はちょっと早足で進んだ。家までの一本道。ところどころに立つ街灯を目印に真っ直ぐ歩いていくと、カーテンの隙間から灯りが漏れたわたしの家が見えてくる。

お父さんももういるのかな。久しぶりに家族が揃えたら。

玄関の前に立って、ひとつ深呼吸をした。それからぎゅっとノブを握ってドアを開ける。

「ただい……」

その途端突き抜けるように響いた、ガラスが粉々に割れる音。びくりと体が震えた。

「何をするんだ!!」

同時に聞こえたお父さんの声が狭い廊下にこだまする。閉めたドアの音も少しも響かないくらい。

「どうするんだお前！　こんなことをして！」

「うるさい！　あなたが文句を言ったからでしょう！」

——頭の内側で嫌な鼓動が鳴っている。

目の前の景色が、どんどん色を変えていく。

リビングに、お父さんとお母さんがいた。ふたりの間には四角いテーブル。その上にケーキを置いて、みんなで囲んで食べようと思っていた。

割れた食器。散らばった料理。テーブルの端から滴るスープ。お父さんと、お母さん。

「お前がいつも勝手に思い込んでいるだけだろうが！」

「そうさせてるのは誰だと思ってるの!?」

「俺のせいだって言いたいのか！」

「そうよ！ 何もかも全部あなたのせいじゃない！」

テーブルの上にも床の上にもたくさんのものが壊れて落ちていた。よく使っていた食器。小学生の頃に買い替えたカーペット。お母さんの料理。お父さんのお気に入りのグラス。割れて、壊れて、汚れて、違うものになっている。

自分の家じゃ、ないみたいだった。だってこんなところ、わたしは知らない。ここはどこだろう。

「何、これ」

空気が漏れたような小さな声だった。だけどお父さんとお母さんの目が、ハッとわたしのほうを向いた。

「星、帰ってたの」

一瞬だけしんと静まった後、お母さんが笑顔を作るのを忘れたままでわたしに言った。

返事は返せない。何か言おうとしてもくちびるが開くだけで何も言葉が出てこない。全身が冷え切っているのがわかった。寒くはないのに温度がどんどんなくなっていく。どこかへ、熱が。表面も、内側も。

「星、こんな時間まで何してたんだ」

お父さんがほんのわずかに体の向きを変えた。指先が少し震えて、とっさに手のひらを握りしめた。ゆっくりと吸い込んだ息を吐き出す。

心臓が痛い。脳みそも、肺も、全部痛い。

「星、何してたんだって聞いてるだろ。答えられないのか！」

「そんなに、遅い時間じゃないよ」

「ふざけるな！　子どもがひとりでこんな時間まで遊び歩くんじゃない‼」

同時に響く。拳で叩かれたテーブルと、その上で跳ねる食器の音。

「…………」

もう震えることもなかった。指先も眼球も、体中が自分の意思で動かせない。いつもみたいに逃げ出して隠れてしまえれば楽なのに。わたしの体は固まったままその場から少しも動かない。

「あなた。星も小さな子どもじゃないんだから、そう心配することもないわよ」

溜め息混じりのその言葉は、わたしをかばってと言うよりはお父さんに張り合って言ったものみたいだ。それを聞いて今度はお父さんが大きな溜め息をつく。

「そもそもお前がきちんと見ていないからこんなふうになったんだろ」

「何、それは私の育て方がいけなかったって言いたいの？」

「それ以外にどう聞こえる。お前に任せたのが間違いだったんだ」

「何もしていないあなたに何を言う権利があるのよ！　都合の良いときだけ父親面し

ないで！」

——ドンッ、とお母さんの手がテーブルを強く打った。転がり落ちた食器の割れる音。それと一緒にもっと別のものも壊れたような気がしていた。

もう二度と戻らないほど粉々に砕かれた、ガラス片みたいに。目には見えないのに、でも確かに。

「俺が働いているからお前は仕事もせずに家のことに専念できるんじゃないか！」

「そうやってあなたが仕事のことしか考えていないから嫌なのよ！」

「自分の仕事すらロクにできないで何言ってんだ!!」

「自分のことだけしか頭にないあなたよりマシよ!!」

テレビの中の映像を、見ているような気分だった。景色はどこか遠くて、視界は狭くて。音は籠もったように聞こえて、透明な薄い壁で隔たれているみたいに。

でも、それは現実。

目の前にいるのは、わたしのお父さんとお母さん。わたしの。

「家のことも子どものことも全部私任せ！　調子いいときだけ口を出さないで！」

「俺だって文句を言いたいわけじゃない！　お前がしっかりやらないせいだろ！」

「だったらあなたが全部やってよ！　もう私ひとりにやらせないで！　私だって自分の時間がほしいの!!」

「俺は外で働いてるんだぞ！　お前よりずっと忙しいんだ！　お前がやれ!!」

体が動かないのと一緒に脳みそまで止まってしまったならどれだけ楽だったんだろう。声も出せないのに、息もできないのに。ふたりの言葉がこんなにもわたしに刺さる。

「……もう」

お願いだからもう何も言わないで。それ以上言わないで。聞きたくない。

「私はもうこんな生活いやなのよ!!」

「俺だってうんざりだ!!」

どんどん世界が汚れていく。何も見えなくなっていく。真っ暗な中から抜け出せない。たったひとつの光も見えない。

「もう、やめて」

大声を出したつもりだった。でも出た声はあまりにも頼りなく情けなかった。

それでも聞こえていた。お父さんとお母さんの目が揃ってもう一度わたしを見た。

「………」

ふたりがハッと息を呑むのがわかって、もしかして泣いてしまっていたのかと思った。でもわたしの頬は乾いたままだ。口の中もカラカラだった。やっと思い出した呼吸も下手くそで、吸っているのか吐いているのかよくわからない。涙は出ていないはずなのに視界は不鮮明だった。

目に映る世界。小さな世界。大好きだったはずの、わたしの世界。

——いつからこんなふうに？

知らない。どうでもいい。

——なんでこんなことに？

今さらわかるはずもない。

「わたし、は」

ずっとひとつだと思っていた。小さな世界ではそれだけがすべてだった。小さな両の手のひらを、ぎゅっと握りしめてくれる温かなぬくもり。絶対的に安心できる場所。どんなときでもそばにある、たったひとつのかけがえのないもの。大切な、家族。

「わたしは、お父さんとお母さんの、子どもでしょ」

ふたりがいたからわたしがいる。ふたりが家族になったから、わたしはこうして生まれてきた。ふたりの繋がりを形にしたのがわたしなんだ。

じゃあ、そうじゃなくなったら。お父さんとお母さんがバラバラになってしまったら。わたしは。

「わたしは、何になるの」

もう、なんでもないよ。

何よりもそれが怖かった。バラバラになることで、家族がひとつじゃなくなることで、わたしの全部が嘘になってしまうということ。

ふたりの絆の証《あかし》だったわたしがいれば、どうにか繋ぎとめていられると思っていた。どんどん世界が汚れても、なんにも見えなくなっても。本当は、心のどこかで信じてた。あのとき。みんなで手を繋いで見た星空みたいに、真っ暗闇の中でキラキラ輝く小さな光みたいに、世界は必ず明るく照らされるってことを。

『きれい、お星さま』

『うん、星の名前とお揃いだ』

わたしと同じ名前の光。わたしもいつかあの光と同じように、キラキラと真っ暗闇を照らせる光になれるって信じてたけど……だめだった。わたしは、夜空の星みたいにはなれなかった。

わたしの世界は淀んだまま。どんどんどんどん暗くなって。たったひとりでうずくまって。それどころかもう。もう、本当に。ただの要らない存在になってしまうことが。何よりも、恐くて。

胸の奥で、何かが止まった気がした。電源を切るみたいにブツンと、世界が途端に色を失くした。見えるのはもう、真っ黒な暗闇だけ。

「戻れないなら……言ってよ、ちゃんと。そんなふうに怒鳴り合わなくてもいいから、もう、わたしに」

言葉を発するたびに震えが大きくなる。冷えていた体中が、一気に中心だけを残して熱を巡らせて。

「わたしにちゃんと言って！　もういらないんだって!!」

息が苦しい。心臓が痛い。吐いてしまいたい。大声で泣きたい。

「邪魔ならそう言ってよ。わたしがいないほうが好きに生きられるって。そうなんでしょ、そうしたら今みたいに怒鳴り合わなくて済むんでしょ。いいんだよ、だって、どっちにしろ、お父さんとお母さんが離れちゃったら、わたし……」

目を見た。ふたりの目。何を思っているのかはわからなかった。

「わたしには、何の意味もないよ」

持っていたものをすべて割れた破片の上に落とした。カバンも、ケーキが三つ入った箱も。それがどうなったか見ないまま、走って玄関を飛び出した。

「星っ!!」

声が聞こえたけど振り向かなかった。止まりもしなかった。何もかもを空っぽにして、どこかに向かって走っていた。

Ⅶ

Beefsteak geranium

気付いたら夜明け

どこか遠いところへ行きたかった。走って、走って、どこまでも、ここじゃないどこかへ。

もっと遠くまで行きたくて、小さなバイクを買った。でも、それでも、ここを離れることはできなかった。

わたしはどこへも行けなかった。汚れきったこの場所から出られないまま真っ暗闇に閉ざされた。

暗いのは嫌だ。ひとりは嫌だ。本当はわたしは誰よりも愛されたくて。大好きな人たちともう一度。あの景色が見たくて。

胸に手を当てると心臓の鼓動が直接手のひらに打ちつけてきた。血液の押される音が耳のすぐ横で聞こえている。

大きく息を吸って吐いた。それだけじゃ足りなくて何度もそれを繰り返した。頬をぬぐった。でも乾いていた。熱のある咳を吐き出しながら止まっていた足をゆっくりと進める。石畳の広場から短く生えそろった芝生へ。夜の静かな冷えた空気に、くしゃりと芝を踏む音が、かすかに響いて消えていく。

なんで、と思った。

夜も更《ふ》けた真っ暗な外。少ない星の下、照らすのは、遠くの街灯だけの中。

「ハナ?」

なんでここにきみがいるの。

空を見上げていたハナは、わたしの声にゆっくりと視線を下げた。

「セイちゃん」

ハナも驚いているみたいだった。わたしが今、この場所にいることに。

「なんで、ハナ、まだここにいるの」

「セイちゃんこそ、どうしたの」

わたしは……と言いかけて、言葉が出なかった。

ハナがしくしくと草を踏んで丘を降りてくる。立ちすくんだわたしの前に来て、右手で、頬を包んで。

「どうしたの」

もう一度、そう聞いた。

二度目の問いかけにも答えることができなかった。喉の奥が詰まって、息もできなくて。体の中心から何かが込み上げてくる。

「セイちゃん」

ふわりと温かな温度に、夜の冷たい風が遮られた。少しだけ苦しい。でも、とても安心する。

「ねえ、セイちゃん」

きみの肩越しに見える景色、それは綺麗ではない星空で。

「泣きたい？」

いつか聞いた言葉だった。

あのときわたしは、泣きたくないと答えた。泣いてしまえば、今まで心の奥にしまっていたものすべてが涙と一緒に溢れてしまいそうな気がして。泣きたくはなかったんだ。

「……泣き、たい」

わたしを包んでいたハナの腕に、ぎゅっと力がこもった。真っ黒に汚れた世界から、わたしを隠すみたいに。

ハナの匂いがした。ふんわり甘い匂い。柔らかな髪の毛が鼻の先をくすぐる。

わたしのおでこに触れた頬は、少しだけ、冷えていた。

「いいよ、セイちゃん」

耳元で声がした。

じわじわと湧き上がってくる熱い感覚。くちびるが震える。背中に回した腕で、ハナのカーディガンを握り締める。

なす術はない。何も見えないこんな世界でただひとつ色を持つ場所が、このきみのそばなんだから。わたしにはもうどうしようもない。この涙を止められない。喉を擦り切る大きな声も、きみの背中を逃がさない腕も、零れ出た、いろんな思い出や感情も。

わたしにはどうしようもないのに、こんなにも、溢れてしまって。

「もうっ……いやだ……!!」

止まらないよ。だってずっと、本当はこうやって。

「わたしなんか……消えちゃえばいい!!」

ずっとずっと叫びたかったんだ。

なんで、わたしはここにいるんだろう。なんのためにいるんだろう。どこかに意味なんてあるのかな。世界がわたしをつくった意味がどこかに。

だけどそんなのわからなかった。それでもいい。だってわたしにとっての意味はちゃんといつだってそばにあったから。

いつも隣にいてくれる人。笑ってくれる人。手を繋いでくれる人。どこまでも一緒に歩いてくれる人。大切な人がいた。大好きな人がいた。家族がいた。

それが、わたしがわたしに見つけたたったひとつの意味だった。

「もう、こんなところになんか」

わたしがここにいる理由。愛してくれる人の手のひらの温度が、それの確かな形だったのに。

「こんなところになんか、いたくない」

全部なくなって、わたしの世界は真っ黒に汚れた。星のひとつも見えない場所の、どこでわたしは立っていればいいの。もう、わかんないんだ。

「……っ……」

くちびるを強く噛み締めた。しょっぱい味と苦い鉄の味がした。

遠くで電車の音が聞こえる。線路を走る車輪の音。ゆっくりと止まって、また、軋みながら動き出す。

「なら、セイちゃん」

体から離れた温もりが、代わりに手のひらを握り締める。

「僕と一緒に、誰も知らない場所へ行こうか」

顔を上げた。涙が流れた後の晴れた視界に、ハナの表情が映っていた。

「きみが望むのなら連れていってあげる。全部捨てて、僕たちだけで他の誰もいないところへ」

何も答えられなかったのは、ハナが本気で言ってくれているからだ。わたしを慰めるために、いつものおどけた調子で言っているわけじゃない。

真っ直ぐに向けられた目。きつく握られた手。それから伝わるハナの思い。

子どもみたいな夢物語だ。ふたりで、誰も知らない場所になんて行けるはずもない。

そんな場所はどこにもないし、わたしたちは決められた小さな世界でしか生きられない。どこにも行けない。

でももしもわたしが今頷いたなら、ハナはきっと連れていってくれるんだろう。ここじゃないどこかへこの手を取ってふたりで。行けるはずもないのに、そんなことはわかっているのに、でもハナはきっと。

だからこそ、わたしは――。

「答えられないでしょう」

ふわりと、ハナの顔が緩んだ。

星のない空の下、公園の街灯が柔らかな表情を浮かばせる。

「答えられないのが答えだって自分でわかってる？」

「わたし、は」

「消えたいとか、いなくなりたいとか、その気持ち嘘じゃないかもしれないけど。捨てたくはない大事なものも、セイちゃんにはきっとたくさんあるんでしょう」

そのとき、コロンと、胸の中で何かが転がり落ちた気がした。

ああ、そっか、これだったんだ。この思い。

すごく苦しいのも、嫌なのも、どんどん目の前が淀んでいくのも、早くこの場所から逃げたいのにどこにも行けないからじゃなかった。本当はずっと、大切なときの形のままで大切にし続けていきたかった。

わたしの世界。好きな人がそばにいて、他に、何もなくていいから、ただ笑っていられる毎日を、これからもこうして、繋げていきたかっただけだった。

「……ハナ」

「ん？」

「わたし、ここにいたいよ。みんなで、一緒に」

「うん」

ハナのおでこが、こつんとわたしのおでこに触れる。距離のない距離。伝えられない心の声を、伝え合うための違う温度。

「いていいんだよ、セイちゃん」

そう、ずっと、ずっと。わたしはその言葉が、聞きたかったんだ。


ハナにいろんなことを話した。今日のことも、今までのことも。わたしの家族のこと、わたしがずっと思っていたこと。前に一度話したこともあったけど、憶えていないと思ったからもう一回話した。そうしたらハナはノートを開いて「書いてあるから知ってるよ」と前のページを見せた。

『セイちゃん家族のことでいろいろ考えてる』となんやかんや書かれていたので「こ

んなのまで書かなくていい！」と怒ったけれど、本音はちょっと嬉しかった。

「そのまま、何にも考えずに飛び出してきちゃったんだけど」

公園の丘の上は変わらずとても静かだ。遠くではまだ電車や車の音がするけれど、近くでは風の音とわたしたちの声しか聞こえない。

「心配してるだろうね、ご両親」

「してる、のかな」

呆れているかもしれない。面倒なことをって怒ったり。

でもそれならまだいい。もしかしたら、わたしがいなくなったことを良かったと思っているかもしれない。お父さんとお母さんにとっては、わたしは、いないほうがいいみたいだから。

「セイちゃんが」

ハナが、閉じたノートの表紙を撫でながら言う。

「セイちゃんが、今僕に話してくれたこと。そういうことをずっと思ってたってこと、きっとご両親は知らないよね」

「……うん。隠してたし」

「隠してたんならわかんないのも当然だよ。ご両親はセイちゃんがこれまでどんな思いでいたか気付いてないし、それと同じでセイちゃんも、きっと、お父さんとお母さんの気持ち、知らないはずだ」

ハナを見た。

トクン、トクンと、静かに心臓が鳴りはじめる。

「お父さんとお母さんの気持ちなんて」

知っている。あんなに大きな声で口に出して叫び合っていたんだから。

わたしがいなければきっと、ふたりはもっと自分の好きに生きられて、そうすればあんなふうにいがみ合うこともなくなるかもしれなくて。

わたしなんていなければいい。わたしさえいなければいい。気付いていても気付かない振りをしていたことだった。でももうどうしたって、気付かずにはいられなかった。

だから。

「セイちゃんって、結構ガンコだね」

は？　と突然言われた悪口に声を上げながらハナを睨んだ。でもハナはそんな視線を少しも気にしていないふうで、軽やかにごろんと芝の上に寝ころんだ。

「セイちゃんが自分の世界をどういうふうに見ていようとさ」

仰向けのままでハナが両手を上げる。人差し指と親指を伸ばして、それで小さな四角を作った。

即席の小さなファインダー。シャッターのないカメラ。いびつなその中に映るわたしは、一体どんな顔をしているんだろう。

「僕から見えるセイちゃんは、とても綺麗だ」

その中に、わたしから見えるきみは、それこそ誰より綺麗な顔で笑っている。

「僕はね、だから、きみに見える世界も本当はとっても綺麗なんじゃないかって思っちゃうんだ。こんなこと、セイちゃんは他人事なんだからって怒るかもしれないけどね。でも、外からだからこそ見えるものもあるんだ」

起き上がって、そのままハナは立ち上がり、わたしを目の前から見下ろした。

「僕はきみを助けてあげられない。でもね、沈んでるきみを引っ張り上げることならできるよ」

伸ばされた手。わたしのよりも大きな、まだ空のきみの手のひら。

「引き上げた先の景色が綺麗かどうかは僕にはわからないけれど、きみのいる世界だもん、きっとどんな場所より綺麗に決まってるはずなんだ。ねえ、セイちゃん」

大きな声じゃない。とても優しい響き。でも限りなく、強く心に届く響き。

「見ている世界を変えたいのなら、手を掴んで」

真っ暗闇だった。光はどこにもなかった。それがわたしの見ていた世界だ。暗闇の底に沈んでいた。そこへきみが現れた。

「ハナ」

とても温かかった。これが光なんだと思った。まだまだ世界は暗いけど、そこに浮かぶたったひとつの白い穴。そこを目指して浮かび上がる。怖くはない。だって、きみがいる。

息を吸った。大きく呼吸をした。

ハナと同じ目線で立って、真っ直ぐに視線を繋ぎ合わせる。

「ひとりで行ける？」

ハナが問う。

「大丈夫」

「ちゃんと話せる？」

「うん」

「思ってること、全部話すんだ」

「うん」

「それから聞くんだよ」

「わかってる」

「セイちゃん」

ぎゅ、とハナがわたしを抱き締めた。

「これは、おまじない？」

「よくわかったね。セイちゃんが、心から笑えるおまじない」

「何それ」

「効くんだよ、僕のおまじない」

ふふ、とつい笑うと「ほらね、もう効いてきた」とハナが言った。

離れる温度が名残惜しいけど、わたしは行かなくちゃいけない。

丘を一気に駆け降りる。一度だけ振り返って、まだそこにいるきみを見上げる。

「気を付けて」

ハナの声に頷いた。

「行ってくる」

別れの言葉の代わりにそう告げて。

ハナが笑ったのがわかった。笑顔はまだ返せなかったけれど、代わりにきみに、ちゃんと前へ向かう背中を見せた。

走ってばっかりだなあって案外のんきに思う。長い距離だし、もちろんすごく疲れるけど、それでも家までの道を走っていく。

まず何を話せばいいんだろうとか、そもそもどんな顔して帰ればいいのかとか。いろいろ考えて、でもまとまらなくて、結局とりあえず急いで帰ろうとだけ考えついた。

帰って、お父さんとお母さんに会って、それでどうなるかわたしにもまだわからない。もしかしたら思っているよりもずっと、辛いことが待っているかもしれない。それでももう、逃げてはいられない。ハナに引き上げられてしまったから。真っ暗闇の底から小さな光の見える場所まで。

せめてわたしの思いを話そう。それで家族が本当に離れ離れになってしまっても。何もかもから目を背けて隠れているよりは、きっとずっとマシな景色が見える。

「……はあっ」

家まで、残すは真っ直ぐな一本道を行くだけになった。街灯の灯りがつくる丸い円の真ん中で、走り続けてきた足をゆっくりと止める。何度も深く息を吸った。乱れた呼吸はそれでも治らないけれど。胸に手を当てるとわかる、心臓がとても大きな音で鳴っていること。走ったせいだけじゃない。もっと別の理由でどんどん速く波打っている。

「…………」

一度足を止めてしまえば、そこからなかなか進まなかった。行かなくちゃとわかっているのに頭と体が一致しない。こんなにずっと走ってきたのに今は足が鉛みたいに重かった。どうしても前に進めなくて、後ろを振り返りそうになる。

「ハナ」

でもだめだ。振り返っちゃいけない。行くのが怖くても、行かなくちゃいけない。ちゃんと前へ。前を向いて。ぎゅっと、小さく震える手を握り締めて、息を吐いて前を向いた。

——目を、見開いた。

「星っ!!」

ずっと先の暗い道から、わたしを呼ぶ声がした。遠くの街灯の下でかすかに浮かび上がる姿に、前へ進もうとしていた足がまた止まる。

「お母さん？」

見間違いで、空耳かと思った。だけど確かに向こうから駆けてくるお母さんの姿と声がわたしに届いていた。近くなるにつれてよく見えてくる表情は取り繕《つくろ》った笑顔でも怒った顔でもない。今にも泣きそうな顔をしていた。

「星!!」

もう一度、お母さんはわたしの名前を叫んだ。そしてわたしが、お母さん、と答える前に、駆け寄ってぎゅうっとわたしを抱き締めた。

また、わたしの体は動かなくなった。驚いて、体だけじゃなくて頭の中まで止まってしまって。

でも、わたしより少し背の低いお母さんの肩が、震えていることだけはわかっていた。

「星！　ごめん、ごめんね……!!」

痛いくらいに抱き締めながら、わたしの耳元でお母さんは何度もそう繰り返した。

何に対しての〝ごめんね〟なのかはわからない。でもそれは久しぶりに聞く、お母さんからわたしへの、本当の言葉なんだって気付いた。

「おい！　いたのか!?」

聞き慣れた声がもうひとつ響いた。お母さんの肩越しに、走ってくるお父さんの姿が見えていた。

「星!!」

目が合うと、お父さんはお母さんと同じようにそう叫んだ。

そしてわたしをお母さんごと、きつく腕の中に包んだ。

「どこに行ってたんだお前!!」

震える声でお父さんは怒鳴った。わたしの耳元で、小さな声でだって聞こえるのに大きな声で。それはいつも、どんなに遠くにいたって聞こえるだけで体が緊張する声だ。

「こんな時間に出歩くなと言ったばかりだろうが!!」

でも、今はなんてことはない。こんなにそばにいるのに。

違う。こんなにもそばにいるからだ。

「お父さん、泣いてるの？」

「泣いてるわけないだろう」

「でもさっきから鼻すすってるよ」

「お父さん花粉症なんだよ！」

ぷっ、と噴き出したのはお母さんだった。つられてわたしもちょっと笑うと、お父さんはもごもご言いながらゆっくりと腕を下ろした。

静かな道の上、むぎゅっとひとつになっていたかたまりが解けていく。

お父さんは涙目で、ちょっとバツの悪そうな顔。お母さんは必死で笑いを堪えた顔をしている。そしてふたりともとても優しい表情になって、一緒にわたしを見た。

「帰ろう、星」

片手ずつ伸ばされたふたつの手のひら。小さい頃を思い出す。出掛けるときはいつだってこうして、わたしは大きなふたりに挟まれて歩いていた。世界で一番しあわせなのは自分だって疑いもしなかったあのとき。大好きなふたりの間こそが自分だけにゆるされた特別な場所で、そこが世界の中心なんだと心の底から信じていた。

そうじゃないと今は知っている。世界はもっと広くて、汚くて、不確かなものばかりで。自分はいつだって端っこのほうに紛れている。

それでも、そんな今になっても。変わらないのは、やっぱり、このふたりの真ん中に立つのはわたしだけの特別なんだということだ。

「うん、帰ろう」

夜でよかった。高校生にもなって両親と手を繋いで歩くだなんて、さすがに人に見られたら恥ずかしすぎる。それでも手は離さなかった。

お父さんは、もうそんなに見上げなくなった。お母さんは、いつのまにか背を追い越していた。変わってしまったんだなあと思う。変わっていくんだなあと思う。いつまでも同じままじゃいられない。世界は刻一刻と昨日を消して、新しい明日へと向かって行く。

でも、変わり続けながら繋がり続けるものもある。わたしがわたしであるように。姿が変わって心が変わっても、それだけは変わらない確かなもの。

だけどあのときと同じだ。わたしの手が成長しても、繋いだ手はやっぱり大きくて、それでいて温かい。安心できる温もり。心から信頼できる場所。大切な、家族のいる場所だ。

家に帰ってから、お父さんとお母さんにこれまで思っていたことを少しずつ話した。

いつからか喧嘩をすることが多くなったふたり。怒鳴り声を聞くたびに心臓がぎゅっと痛むから、目を閉じて耳を塞いで、布団の中で小さく丸くなっていたこと。昔のように戻ってほしいとずっと思っていたこと。だけど戻りはしないって、本当はわかっていたこと。もうわたしはいらないんじゃないかって考えたこと。自分のことが、とても嫌いだったこと。

話したいことはなかなかまとまらなくて、途切れ途切れなわたしの言葉は伝わり辛かっただろうと思う。自分でも何を話してるのかよくわからなくなったり、口に出しながら〝わたしこんなこと思ってたんだ〟って考えたりなんかもした。

リビングはまだぐちゃぐちゃなままだ。料理は散らばってるしお皿は割れてるしテーブルは斜めに置かれている。さっきそれを見たときは、こんな場所知らないって思った。自分の家じゃないって。それなのに変わらない状況の今は、やっぱりここが一番、自分の家だなって感じる。

悲惨《ひさん》な状況だけどそんなのお構いなしに、わたしたちは斜めのテーブルの定位置に座って互いを見ていた。

わたしの目の前にお父さん。斜め横にお母さん。四角のテーブルにコの字型。わたしが憶えてる一番古い記憶のときよりももっと前から、変わらない家族の定番の位置。

久しぶりにちゃんとふたりを見た。お父さんはいつのまにか目尻に皺《しわ》が増えたし、お母さんは前にも増して白髪が多くなった。だけどわたしを見てくれる瞳は変わらなかった。

　変わっていなかったのかな、ずっと。それをただわたしが、変わってしまったんだと思い込んでいただけなのかな。それとも今、元に戻っただけなんだろうか。

　そんなことすら答えを出せないくらいに、わたしも、お父さんとお母さんを見つめられていなかったんだ。自分のことはもうふたりの心にないって思いながら、遠ざけていたのは、わたしも同じだった。

「ごめんね」

と、お母さんが言ったのは、どこまで話したところでだろう。頭で考えながら話せていなかったから、その言葉を聞いたときにはもう自分が今の今まで喋っていたことが何かを忘れてしまっていた。

「ごめんね」

　もう一度お母さんが言う。わたしは言葉を途切らせたまま、何も言えずにお母さんを見ていた。

「お母さんたち、あんまりにも自分勝手過ぎたね。星がそんなふうにいろいろ考えてたこと、たぶんどこかで気付いていたのに、なんにも思わなかった」

　お父さんはじっと黙ったままだ。くちびるをぎゅっと噛み締めて、やっと乾いてきたはずの目がまた少し潤《うる》みはじめている。

「でも、星」

「うん」

「お互い様なんだからね」

首を傾げた。お母さんがくしゃりと笑う。泣きそうにも見える笑顔だった。

「星だって、お父さんとお母さんの気持ち、全然わかってなかったんだから」

下手くそに持ち上げられていたお母さんのくちびる。だけどそれはどんどん歪《ゆが》んで、とうとう、泣きそうに見えていた顔が本当に泣いた。お母さんの泣いた顔を、見たのはこれが初めてだった。

驚きはしなかった。涙、透明で綺麗だなあなんて、そんなとんちんかんなことを考えた。

「星が、いなきゃいいなんて、思ったこと一度もない。あたりまえでしょう。いる意味すら考えたことないくらい、どんなときだってお母さんたちには星が必要なの」

それはたとえば呼吸をするなら空気がいるみたいに。魚が泳ぐなら水がいるみたいに。晴れがあるなら雨があるみたいに。

「星がいるから、わたしたちがいるの」

あたりまえのように必要とする、絶対に不可欠な存在なんだ。

そっか。これが家族。

「……うん」

お父さんとお母さんがいるからわたしがいる。そしてわたしがいるからふたりがいる。なんで、とか、どうして、とか。そういう理由は必要なくて、ただそばにいればそれでよくて、それだけが全部で。最初からそういうふうに世界はちゃんとできている。

「星」

呟いたのはお父さんだった。お母さんにつられたらしい。必死で我慢していた涙がまた溢れそうになっている。一度だけお父さんは目を瞑った。そのせいでぽつりと涙が落ちた。

「ここにいていいんだ、星」

ひとつの星が照らしていた夜が、ゆっくりと白く明けていく。

『いていいんだよ、セイちゃん』

何よりも聞きたかった言葉だ。ずっとそれを探していた。狭いところに隠れて、小さくうずくまって、ひとりで逃げて、手を伸ばそうともしないで。目を瞑って耳を塞ぎながら、でも本当は聞きたかった。たったひとつのその言葉。

いちゃいけないと思った。いたくないと思った。でも本当はここにいたかった。わたしはずっとそう言ってほしかった。お父さんとお母さんに。わたしの居場所に。一緒にいてほしい人に、その言葉を。

そして、ああ、そうだったんだと気付く。なんでハナの言葉を聞くと、よく泣きたくなっていたんだろうって。不思議だった。なんで涙が出そうなのか、自分でも全然わからなかった。

――そうだったんだ。ずっと初めからそうだった。わたしが聞きたかった言葉。ハナの言葉の裏側にはいつだって、その言葉が隠れていた。

ここにいていいんだ。きみはわたしにいつだって、そう言ってくれていたんだね。

「ありがとう」

ぽつりと口の中で呟いた。

他に何を言えばいいのかわからなかった。お父さんもお母さんもわたしを見つめて、それからまた余計に恥ずかしげもなく泣くから、わたしも泣きそうだったのになんだか気が抜けて、仕方がないからへらっと笑った。

まあいいかって思った。泣きたかったけれど、泣けなくなったこと。

まあいいんだ。きっと今は泣かなくたってよくなっただけだから。

だってこんなにも心の中、温かな気持ちになっているんだから。泣くよりは笑ったほうがなんかお得な気がするし、お父さんとお母さんも泣きながら笑ってくれたからよしとしよう。

——少し、晴れたような気がする。

明日からきっと、世界は何ひとつ変わっちゃいないけど、あの丘の上から見る空は、もしかしたら今日までよりもずっと青く見えるかもしれない。

そう、きみの目がファインダー越しに見るその景色と、同じような、晴れた青に。

わかんないけれど。どうせ気のせいだけど。

それでもその気のせいを、精一杯大きな声できみに伝えてみたいんだ。きみが引っ張り上げてくれた世界には光が確かにあったから。わたしはそこで、もう膝を抱えずにちゃんと立ち上がってみようと思うよ。

だから、ね。早く、早くきみに。会って、話したいことがたくさんあるんだ。

ねえ、ハナ。明日も、きみに会えるかな。

Ⅷ

Delphinium

すべてはきみがくれた

まるで、この世のものじゃないみたいだった。小さな瞳で見上げた満天の夜空。家のベランダから見ていた夜とはまったく違った。キラキラと光るいくつもの光。手を伸ばせば掴めそうで、必死で背伸びをしてみた。だけど届かなかった。あんなに近くにありそうなのに、その光はずっと遠くにあるみたいだった。

でも、そばに感じていた。小さな。綺麗な。夜空に輝く、真っ白な星。わたしと同じ名前の、暗闇を照らすかすかな光。今はまだ届きもしないそれに、自分もいつかなれるだろうか。幼い心でそう思った。

真っ暗闇の中、ひとり俯く人へ。世界を照らす小さな灯りを。見上げれば必ずあるのだと。世界は暗闇じゃないんだと。あなたはひとりじゃないんだと。伝えられる人に、いつかわたしも――。

派手すぎない花柄のワンピースは、わたしの唯一のとっておきの服だった。別に特別な日でもないのになんとなくそれを着て、靴もお気に入りのパンプスを合わせた。

「いってきます」

そうして家を出る。行く先なんてひとつしかない。何度も自転車通学に変えようかとか、休みの日には原付で行こうかとか考えたりもした。それでも近くはない距離をいつも歩いて向かうのは、きみに付き合わされるデートという名の散歩をちゃんと隣で歩くためだ。

それにきみに会うためにかけるこの長い時間が、なんだかんだで結構好きだったりするのも、めんどくさい手段を取る理由のひとつだったりする。

知らなかった街も、最近じゃ見慣れたようになってきた。よく見る珍しい名前の表札、顔見知りになった猫。電車の駅の周りには、新興住宅地の建設に合わせて開発された商店街。メインの大通りはお洒落さが売りの、若者に人気のお店が揃い、平日は近くの会社のサラリーマンやＯＬの姿もよく見かける。

だけどメイン通りを少し抜けると、そこは昔からの静かな住宅街が広がっている。丘陵に沿って上へのぼっていくいくつもの小路。その脇に段々と建つ民家や商店。歩く野良猫。そしてその丘陵地の、下のほうに当たる場所に、噴水のある公園はあった。

噴水と言っても、実際に水を噴いているところは見たことがない。いつも下のほうに、葉っぱの浮いた綺麗じゃない水がぶよぶよ溜まっているだけだ。聞くところによると、真夏にときどき役目を果たすことがあるらしい。ぜひにもそのときは見てみたいと思うけど、水はちゃんと新しいものに変えてくれているのか、それだけは不安だ。

噴水の広場よりも奥へ行くと、敷かれていた石畳がなくなって芝生が生えそろう場所に出る。そこには遊具もベンチも池も、公園らしいものは何もなく、代わりに小さな丘がぽつんとつくられていた。

約束をしないわたしたちが、毎日出会う場所はここ。そうして今日もまた、この場所できみを見つける。

「ハナ」

空か、鳥か、楓の木か。丘の一番高いところから真っ直ぐと、どこかにカメラを向けているところだった。ハナはレンズを下ろすとこっちを向いて、ふわりと笑う。

「セイちゃん、こんにちは」

「こんにちは」

本当は少し気恥ずかしかった。昨日のことで、いろいろとカッコ悪い部分を見せちゃったから。

でもやっぱり会いたかった。会って、言いたいことがたくさんあった。だから会いに来た。

「今日のセイちゃん、素敵だね」

「わたしはいつも素敵です」

「そうだった」

丘を登っていくとハナがいつものようにぺたりと座り込むから、わたしもその横に並んだ。休日でも公園はいつもどおり静かで、この丘のまわりも相変わらずわたしたち以外誰もいない。

鳥が三羽、飛んでいた。寄り添うようにひとつになって、何もない空を駆け抜ける。だけどそのうちかたまりは、ゆっくりと一羽ずつに離れていった。

それぞれの場所へ。行きたいところへ。

「ねえ、ハナ」

「ん？」

「あのね」

まだ、昨日の夜のことは憶えているはずだ。それでも聞いてこないのは、わたしから言わなきゃいけないことだからなんだろう。少しだけ間を置いた。ハナは言葉の続きを黙って待っていた。

見上げた空は青い。とても綺麗で、気分が良かった。

「うちの両親、離婚することになった」

ハナはちょっとだけ驚いた顔をした。だけどその後にそっと微笑んで、「そっか」とだけ答えた。

「準備ができ次第で、お母さんが出ていくんだ。わたしはまだ、どっちに付くか決めてないけど」

昨日、家族で話し合ったことだった。バラバラになるわけじゃなく、これからもたったひとつの家族であるために、これからは離れて暮らすこと。

「お母さんと行くなら、一緒に引っ越すことになる？」

「うん。でもたぶん、お父さんに付くと思う。まだ高校入ったばっかりだし、経済的なところを考えるとね。後うちのお父さんなんにも家事できないから、ひとりにすると死にそうだし」

「だけどお母さんは寂しいんじゃない？」

「たぶんね。ふたりともがわたしの好きなほうを選んでいいけど、できればこっちに来てほしいって感じだったから。だけどお母さんにも会えなくなるわけじゃないし。そんなに遠くには行かないから、いつでも会えるよ」

引っ越し先はまだこれから決めるけど、どちらに付いてもどちらにも気軽に会いに行けるように、わたしが今の家と新しい家とを簡単に行き来できるくらいの距離にするって言っていた。

「だから、今までと形は少し変わっちゃうけど、寂しくはない」

望んでいたような元どおりにはやっぱり戻ることはなかった。それでも時間が経てば人の心は変わる。今のわたしたちにはこれが一番最適な家族の形なんだと思う。

「そうだハナ。見せたいものがあるんだ」

「ん、何？」

「写真。わたしのね、小さい頃の写真なんだけど」

「セイちゃんの小さい頃？　それすごく見たい」

「違うよ、見せたいのはわたしのことじゃなくて」

苦笑いしながらカバンの中からアルバムを取り出した。昨日の夜にお母さんに出してもらった、十年も前の古いアルバムだ。

お母さんもあの場所のことはよく憶えていた。そのときの写真を納めたアルバムの場所も、ちゃんと忘れずにいてくれた。

『懐かしいね。星が憶えてるとは思わなかったけど』

押し入れにしまっていた段ボール箱の中には、いくつものアルバムが詰められていた。ひっくり返されたその中から、お母さんが拾い上げた一冊のアルバム。表紙は赤のチェック柄。一ページに一枚だけを挟むサイズだ。

『そういえば星は、空ばっかり見てたけど、本当はあの場所には夜空を見にいったわけじゃないのよ。そのことはもう憶えてないかなあ』

くすくすと笑うお母さんに、わたしは首を傾げていた。

だって思い出せるのは綺麗な星空ばかりで、それ以外のことなんてまったく憶えていないから。他に何かあったっけと、頑張って思い出そうとするけれど、やっぱりわたしには頭の上のきらきらの景色しか浮かんでこない。

『そのアルバム見たらわかるよ』

お母さんはそう言って教えてはくれないし。わたしはアルバムを抱えて、うん、と曖昧に頷くしかなかった。

『それにしても突然そんなの見たいだなんて、なんかあるの？』

『ん、別に、ちょっと思い出して。見てみたいなーって』

『そう。お母さんは、思い出を見せたい相手でもいるのかなあって思ったんだけど』

『そういうわけじゃ、ないよ』

『ふうん、そう。まあ、満足いくようにやりなさいね』

意味深に言って、お母さんは散らかった段ボール箱のまわりを片付けはじめるから、母親ってもんは恐ろしいなあと、わたしはそっとその場を離れた。

だけどそのうち紹介はしなきゃ。わたしの大切な人へ。わたしの大切な人を。今はまだ恥ずかしいけど、きっと近いうちに。

実はまだわたしもそのアルバムを見ていなかった。ハナと一緒に見ようと思ったから、お母さんに渡されてそのままカバンに突っ込んできたのだ。

「小さい頃にね、お父さんとお母さんと一緒に、ここから車で一時間くらいのところにある丘陵地に遊びにいったんだ。自然が売りの、それ以外本当に何にもないところでね。でも街の中で育ってるわたしにはものすごく新鮮な場所だったのを憶えてるよ」

確か海も近くにあった。夜だったから見えなかったけど、昼間ならその丘から海も見えるとお父さんが言っていた気がする。

「そういえばあれって海のことだったのかなあ?」

「ん、何が?」

「その場所ね、星がものすごくよく見えて、わたしもそのことばっかり憶えてたんだけど。お母さんがあの場所には、星だけを見にいったわけじゃないって言ってたから」

「へえ、そうなんだ」

「あ、でもこの写真に写ってるって言ってたから海じゃないのかなあ。見えなかったし」

「見てみようよ。僕も気になる」

「うん、そうだね」

ふたりの真ん中にくるように、それぞれの足の上にアルバムを置いた。

表紙をめくった一ページ目。

同時に声を上げた。

「わあ!」

最初の写真は一面に、真っ白な星が散りばめられた夜空の写真だった。見たことないくらいのたくさんの星が写真の中を埋め尽くしている。

「すごいね」

真っ暗だけど、真っ黒じゃない。そんな夜空にいくつも開いた、いびつな大きさの光の穴。

この場所から見る夜空とは全然違った。同じはずなのに、でも違う。とても暗いのに、とても明るくて、吸い込まれそうな夢の世界。

「綺麗だな。これは、セイちゃんのお父さんが撮ったの?」

「うん。お母さんが言うには、発売されたばっかりのいいカメラを買ってね、初心者
なりに頑張って撮ったらしいよ」

「へえ、すごいなあ。すっごく鮮明に撮れてるもんね」

「ね。下手な初心者でもこんなに上手く撮れるくらいいいカメラだったのに、今は全
然使ってないんだもん。まだ残ってたら、わたし貰っちゃおうかな」

「それいいね。一緒に写真撮ろうよ」

「そうだね。そしたらわたしを隠し撮りするハナに復讐《ふくしゅう》できるし」

「隠し撮りなんてしたことないよ」

「わたしはされたこと何度もあるよ」

えー、と文句を言いたそうなハナを無視して、わたしはまた一枚ページをめくった。

そこで「あ」とふたり揃って声を上げる。

次の写真に写っていたのは星空ではなかった。花に囲まれた、小さな頃のわたし。

「お花畑だ」

わたしの腰丈くらいの花が、暗闇に紛れて遠くまで敷き詰められているのがわかった。とても鮮やかな景色だった。昼間のように明るくはないのに、夜空とは対照的な鮮烈な色をそこに見ることができる。淡いのに、でも心に焼きつくような色。

「コスモス畑か。素敵だね」

「ね、こんなに広く咲いてるのは見たことないなあ」

小さな愛らしい花。

でも、薄紫やピンク、白色のそれに囲まれて、子どものわたしはカメラも見ずに、ひとり星を見上げていた。

「セイちゃん、見事に空に夢中だねえ」

「この写真を見た今になっても、お花畑のこと思い出せないくらいだからね」

「かわいいなあ」

あ、またそういうことを平気で。こっそり顔を赤くしたのをきっとハナは気付いていない。別にいいんだけど。そういうのには、もう慣れた。

アルバムの写真は全部、その丘で撮った写真だった。お父さんが初心者なりの知識と技術を駆使《くし》して撮った星空の写真（ちょっと失敗作もあった）や、広いお花畑の写真。わたしがひとりで写っているものもあったし、家族みんなで写っているものもあった。

写真を眺めている中で、どんどん記憶が鮮明に思い出されていった。相変わらずお花畑のことは憶えていないけど、そのときの風の冷たさとか、手の温かさとか、闇の怖さとか、初めて見たあまりに広い夜空の偉大さとか。そういったことが、あのときに感じたそのままに今のわたしに浮かんでくる。

心の深くにしまっていた記憶。忘れたことすら忘れていたもの。だけどなくなっていたわけじゃない、消さずに取っていた大切な思い出。

「とても素敵なところだね」

最後の写真を見終わって、裏表紙をぱたんと閉じる。裏表紙の下のほうにはかわいいシールが貼ってあって、十年前の日付と、あの丘の地名がそこに書かれていた。

「行ってみたいなあ、僕も」

お母さんが書いた古い字を、指先で撫でながらハナがぽつりと零した。

「じゃあ行く?」

「え?」

「うん、行こう。ふたりでだって行けない距離じゃないし。わたしがハナをその丘に連れてく。よし、決まり。お母さんに場所聞いておくね」

「えっと、それは約束?」

「違うよ。わたしの願望」

そうだ、いつもハナがわたしを連れ回して知らないところをたくさん見せてくれるから、たまにはわたしもハナをどこかへ連れていこう。

すぐには無理かもしれないけれど、遠くじゃないから大した準備だっていらないだろうし。いつにしようか、いつならいいかな。どうやって行くかも考えなくちゃ。なるべくなら、ハナが楽しめる方法がいい。

「あは、セイちゃん楽しそうだなあ」

ハナがくしゃりと笑ってみせる。

「わたしはどうでもいいんだよ。わたしはハナが楽しめる手段を今必死で考えてるの。わたしじゃなくてハナが楽しまなきゃ」

「セイちゃんが楽しいと僕も楽しいよ」

「ハナが楽しまなきゃわたしも楽しくない」

「あは、なるほど。じゃあセイちゃん頑張って僕を楽しませて。僕も憶えておくから」

ハナはショルダーバッグから、いつものノートを取り出した。ノートは、わたしが初めて見たときよりもさらに後ろのほうまでページが埋まっていっている。

その、まだまっさらなページの先頭を開いて、ハナは今日の日付とひと言を書き足した。

『セイちゃんの願望は、僕を星の綺麗なお花畑に連れていくこと』

「何それ」

「セイちゃんが今言ったことでしょ」

「それたぶん数日後に見たら絶対意味わかんないって」

「セイちゃんが憶えててくれたら大丈夫だよ」

「そうだけどさあ」

そういえばハナのノートは、わたしから見たら結構意味わかんないことばっかり書いていた気がする。どうせならもっと詳しく書けばいいのに、『ちょっと意味不明なくらいが面白くていいんだ』って、前に言っていた。

なんのことだろうとか、なんで書いたんだろうとか、そういうことをまた見つけていくのが楽しいらしい。

「そういえばそのノートってさ」

「うん」

「そのひと言記録の他にどんなこと書いてあるの？　わたし見ちゃダメ？」

実は結構気になっていた。わたしの横で書き込んだりするときは覗いていたけれど、その部分以外は見たことがない。見られたくないものもあるんだろうから、見せて、っていうのは言いづらかったんだけど。

「別にいいよ。セイちゃんにはあんまり面白くないかもだけど」

なんだ、意外にもあっさり貸してくれるんだ。

「だったらもっと前に言えばよかった」

「そんなに見たかったの？」

「そりゃそうだよ、だって」

慌てて口を閉じる。

ハナが不思議そうに目を向けるけど、適当に笑ってごまかした。だって〝ハナのこともっと知りたいから〟なんて、とてもじゃないけど言えないし。

「さて。なんか、ちょっとどきどきする」

「なんでセイちゃんがどきどきするの」

「人の日記を覗き見するときの、背徳感《はいとく》、みたいな」

「僕が許可してるのに」

ハナがくすりと笑う。

ノートは、表紙がすっかりくたびれてしまっていた。表紙の真ん中には数字で〝⑥〟という文字と、数ヶ月前の日付が書かれている。今は六冊目、ということだろうか。書かれている日からこのノートを使いはじめたらしい。たぶん、ハナが事故に遭《あ》ったときから書き続けている記録。

ノートの一番最初のページを開いた。そこにはハナがいつも書いているようなひと言日記は書かれていなかった。

大きな字で、きっと毎朝起きたハナが、一番初めに確かめること。

『僕には一日しか記憶がない』

そしてその次に書かれていたのは、きみがきみであるために大切なこと。

『僕の名前は芳野芭《はな》』

あ、ハナの名前って〝芭〟って書くんだ。見たことのない字だな。知らなかったらきっと読めない。この字にはどんな意味があるんだろう、家に帰ったら調べてみよう。

そんなことを考えながら。

「……っぷ」

なんだか無性に笑えてきて、つい噴き出してしまった。いけないと思いつつも堪えきれなくて、俯いたまま「ぐふふ」と変な声を出す。

「何、セイちゃん」

「いや、ごめん。だって、なんか。『僕の名前は芳野芭』って自分の名前書いてるの、なんだかちっちゃい子みたいでかわいいなあって」

「あ、セイちゃんデリカシーないなあ。僕には意外と大事なんだからね」

わかってる。〝もしも〟のときにとても大事な情報なんだってこと。昔のことは記憶にあるから忘れることはないんだけれど、それでもどこかに不安があって、ここに書かれた名前がきっと、それを幾分か和らげているんだということも。

「僕の頭のこと知っててそういうこと言うの、たぶんセイちゃんくらいだと思うよ」

「だから、ごめんて」

ハナこそ、口では怒っておきながら全然怒った顔をしてないくせに。そんな顔で〝デリカシーない〟なんて今さら聞き慣れたことを言われても、反省するにもしきれない。

それに。

『僕の名前は芳野葩』

忘れたくない大切なきみの名前。

とても大事だからこそ、悲しくなったり、同情したりなんてしたくないんだ。きみの名前を見るといつだって嬉しくなる。笑顔になれるし、しあわせになる。きみや他の人にどう思われたって、わたしはいつも、そういうふうに感じられるようでありたいんだ。

「ねえハナ。ボールペン貸して」

「ん、いいけど。どうしたの？」

「もうひとつ忘れちゃいけない大事なことを書き足しておく」

ノートに書かれた『僕の名前は芳野葩』。その下に、同じくらいに大きな文字でこう書く。

『好きな子の名前は倉沢星』

それはわたしの名前。

なんて、思うかなって。自分で書いておきながら、内心すごくどきどきしていた。

ハナはじっとノートのその文字を眺めていて、そして。

「セイちゃんの名前って、〝星〟って字を書くんだ」

さっきわたしのが思ったのと同じようなことを言うから、突っ込むところそこなんだ、ってちょっと呆れたような安心したような気分になった。

だけどそこでふいにハナが、

「星」

と呟くから、また胸がどきっと鳴る。

ああ、今ハナに振り向かれたらやばいな。

「綺麗だね。セイちゃんに、ぴったりの名前だ」

ノートに書かれたわたしの名前をハナは愛おしそうに指でなぞった。体中に響く鼓動を聞きながら、わたしはハナの横顔を見つめる。

「わたし、その名前、自分に合ってると思ったこと一度もないよ」

「そう？　セイちゃんは自分に対して僕と反対の考え持ってるね。僕はセイちゃんに似合ってると思うよ」

「どこが？　わたしのどこがその名前に合ってると思う？」

「ん、ナイショ」

「え？」

目をぱちくりさせるわたしに、ふふ、とハナが笑う。そうしてパタンとノートを閉じた。

「セイちゃんは、知らなくていいよ」

独り言みたいだった。どういうこと、とわたしが聞こうとする前に、遮るようにハナが「さて」と立ち上がる。

「今日はどこに行こうか」

ショルダーバッグを背負い直すと、ハナは空に手を向け大きく伸びをした。わたしものそりと腰を上げる。

良い天気だった。空は青くて、楓が鮮やかに色付いている。

「そうだ。ケーキ買いに行こうよ」

「ケーキ？」

「うん、わたしの友達の家のお店に」

昨日食べた少し形の崩れたチーズケーキは、三浦さんの言ったとおりとてもおいしくてしあわせになれた。だからハナとも一緒に食べてみたいと思った。

「すごくおいしいんだよ。って言ってもわたしもまだ、チーズケーキしか食べたことないんだけど」

「へえ、そっか」

ハナが少し考えるようなしぐさをするから、もしかして甘いものは苦手だったのかなあとちょっと不安になる。

だけどそうじゃなくて、ハナが言ったのは。

「セイちゃんのお友達、ケーキ屋さんなんだ」

「え?」

つい聞き返してしまった。

そうしたらハナが不思議そうな目で見るから、慌てて「うん、そうなんだよ」と答えた。

あれ。ハナは、もう忘れちゃったのかな。昨日も言ったような気がするんだけど。

確か、別れ際の夕暮れ時に。でも、憶えていないみたいだし。

わたしの思い違いかな。もうハナの一日だけの、記憶の外に出ていったのか。

「じゃあ、そこに行こうか」

「あ、うん。今日はね、ケーキをおやつにして散歩しよう」

「散歩じゃなくてデートだよ」

「そうだった、デートだった」

手を繋いでゆっくりと丘を降りていく。

いつもの何気ない、きみとの一日のはじまり。きみの隣を歩きながら、そういえば、聞きたかったことがあったんだとふと思い出した。

……なんでハナは昨日の夜、まだひとりでここにいたの？

でも、楽しそうに歩いているハナの横顔に、どうでもいいかと思った。それよりも今は今のことを楽しもう。

この今しかない一日を、きみの中に、少しでも残していくために。


最近、ときどき夢を見る。鮮やかな夜の中に立つ夢だ。夜は暗いはずなのに、鮮やかなんておかしいなあって思って、そのうち鮮やかな赤や黄や緑や青は花びらの色だったんだと気付いた。

星の綺麗な暗い夜。わたしは、いくつもの花が咲くお花畑の中にいた。風が吹いて、花びらが舞う。黒と白だけだった夜空が色鮮やかに染められる。

ゆっくりと落ちていく花びらの向こう、目を凝らすときみがいた。きみはいつもみたいな優しい笑顔でわたしのことを見ていた。

わたしはきみのそばに行きたくて、走ってきみのところへ向かう。なのにどれだけ走ってもきみのもとへは行けなくて、どうしてかどんどんきみは遠くに行ってしまう。待って、と叫んでも、声はどこにも響かない。

きみはわたしに微笑んだまま鮮やかな景色の向こうの夜に、まるで溶けてしまうみたいに背を向けて。

——待って、ハナ。

一度だけ振り返ったきみは、泣きそうな顔で笑っていた。

なんでそんな顔をするのかわからなくて。なんで遠くへ行っちゃうのかもわからなくて。わたしはただ、きみの名前を呼んでいた。呼ぶことしか、できなかった。

学校の休み時間、ひとりで雑誌を眺めていたら、ひょこっと三浦さんの顔が視界に入って来たので声が出ないくらいに驚いた。わたしのあまりの驚きっぷりに三浦さんも驚いたみたいで、目を見開いた後にお腹を抱えて笑っていた。

「集中しすぎだよ倉沢さん」

「ご、ごめん。でもびっくりしたあ」

「あはは、こっちこそごめん。そんなに驚くと思わなくてさ。一応声掛けたんだけどね」

どうしたの、と聞くと、三浦さんはかわいい紙袋をひとつわたしにくれた。中を覗くと、いい匂いのするクッキーがたくさん入っている。

「もうすぐ出すうちの新商品。お母さんが倉沢さんに持ってけってさ。芳野先輩と一緒に食べて」

「うん、ありがと。ハナこういうお菓子好きみたいだから喜ぶよ」

「ほんと!?　じゃあまた今度持ってくるね！」

三浦さんはわたしがハナの話をすると妙に嬉しそうだ。『そんなにハナのこと好きなの？』と前に聞いたら『そうじゃなくて倉沢さんが芳野先輩の話をしているのを聞くのが好きなの』と言っていた。よくわかんないけど楽しそうならそれでいい。

「ところで何をそんなに真剣に見てたわけ？」

わたしの手元の雑誌を三浦さんが覗き込む。

「あー、えっとねえ」

「これって、写真？」

わたしが読んでいたのはカメラの扱い方の入門書だ。今は人物を撮るときのコツをこの本に教えてもらっている。

「倉沢さんってカメラ趣味だったの？」

「そうじゃないんだけど、お父さんに昔使ってたいいカメラ貰ったから、ちょっと使ってみようかなって」

「へえ、そうなんだ」

「でも案外奥が深くてね。ちょっとカメラなめてた」

一度試しに撮ってみたけど、撮りたい構図とずれていたしピントも微妙に合わないしで、まったく思っていたようには撮れなかった。

なんの知識もないくせにあれだけの写真を撮っていたハナを、ちょっとだけうらめしく思う。

「今日も芳野先輩に会うんでしょ」

席を離れようとした三浦さんが、ふと思い出したように振り向いた。

「うん、会いに行くつもりだよ。クッキーもちゃんと今日一緒に食べるね」

「そっか、うん。でもうらやましいなあ。ふたりってほんと仲良しだよね」

「え、っと」

うん、ていうのも気恥ずかしくて、そうじゃないなんて言いたくもなくて。なんて答えればいいかわからずに固まっているわたしを、三浦さんは楽しそうに眺めている。

「あはは、しあわせそうで何より」

「う、うん。ありがと」

三浦さんを見送ってから、ひとり机に顔を突っ伏す。

やばいな。顔、赤くなっていたかもしれない。

両手で隠した頬は熱い。

ハナとは変わらず毎日会っている。学校帰りにいつも行くことはそう簡単でもないけれど、嫌だと思ったことは一度だってなかった。

大抵《たいてい》ハナは私服で小さな丘にいたり、ときどき噴水の広場にいたり。たまに見られる制服姿はレアで、そのときはいつもと違う商店街のほうに出て、他の学生たちに混ざって制服デートを楽しんだりした。

一度だけ、わたしの家にハナを呼んだ。

休日。学校帰りには無理な午前中からハナと会っていた日だ。特にその日はいつもよりも集まった時間が早かった。

今日は何をしようかな、なんてハナがのんびりと呟いているのを聞きながら、今しかないな、とわたしは考えた。

「ねえ、ハナ」

「何？」

「今日、うちに来ない？」

ナチュラルに言ったつもりだったのに、ガチガチに緊張しすぎてなんだか変な声が出た。

初めてできた彼女を誘う男子中学生みたいだ。恥ずかしさで、変な汗が出る。

ハナは、明らかに挙動不審だったわたしが面白かったのか「ぷっ」と一度噴き出すと、睨みつけるわたしにごめんごめんと笑顔のままで謝りながら、「いいよ」と答えてくれた。

安心したせいで余計にまたおかしな汗を掻いたのは、もちろんハナには内緒のことだ。

「セイちゃん家はどこだっけ？」

「南町。だからちょっと歩くけど、大丈夫？」

「歩くのは好きだしね。それにセイちゃんはいつも通ってるんでしょ」

「うん。でも全然大変じゃないよ」

「じゃあ僕も大変じゃないよ。セイちゃんのお家までの道なんて、楽しみすぎてやばいくらい」

じゃあ行こうか、とハナが手のひらを向ける。わたしはそれに手を重ねてぎゅっと握りしめた。

いつもは引かれていた手を、今日はときどき引きながら、噴水のある公園の表の出入り口を抜けていく。

午前中の空はその日も綺麗な青だった。ひとりで通っていた道をハナと並んで歩くのはなんだか変な感じがした。歩き慣れた道も、ハナが隣にいるだけでいつもと違う新鮮な場所に思える。

「ハナ、こっちのほうには来たことある？」

「たぶん来たことない。学区も違うし、全然知らないところだな」

「そうだよね。わたしも中学生までは隣の学校の地区になんてほとんど行ったことなかったし」

今はよく行くあの場所だって、高校に上がってから知った場所だ。中学生のときにはまだ、遠くに行きたいなんて考えなかったし、家から近い小さな範囲だけでわたしの世界は満たされていた。

でも、高校生になってすぐ、少しだけ変わった。世界は広がらなかったけれど、小さな世界は色をなくした。だからそこから必死で逃げだす事ばかりを考えるようになった。

それでもなかなか抜け出せなくて、遠くに行きたくて買った小さなバイクでも、わたしはどこにも行けなかった。

本当は、どこにも行こうとしていなかっただけなんだと、今は知っている。逃げたくて遠くに行きたくて、でも本当は、わたしはずっとあの場所にいたかった。

大切なものはたくさん持ってた。それはわたしの宝物だった。捨てたくても捨てられないもの。捨てたくなんてなかったもの。これからもずっと、わたしの宝物であり続けるもの。

「ん、どしたのセイちゃん」

言われて、ハナの手を随分強く握っていたことに気付いた。

「あ、ごめん。なんでもないよ」

「そう？　ならいいけど」

慌てて緩めると、ハナがふわりと笑ってくれる。気恥ずかしくて目を逸らしてしまうけれど、本当はいつまでだってその表情を見ていたいって思ってる。

そんなことを言ったらきみはどうするかな。優しいから困った顔で、でもやっぱり笑ってくれるに違いないけど。

きみのおかげなんだよ。きみのおかげでわたしは、自分がずっと抱き締めていた大切なものを思い出した。だからそれをきみに見てもらいたいんだ。わたしの持っている宝物。きみにも見せてあげたいんだ。

街並みは、小さな頃から知ってるそれに変わってきた。もう何度も何度も、数えきれないくらいに通った古い住宅街の道。今はまだ灯りの点いていない街灯を順番に通り過ぎて、今朝出て来たばかりの場所へ帰る。

「ここ?」

「うん。ここ」

「かわいいお家だね」

「そう、かな」

我が家は二階建てのそう大きくない一軒家だ。わたしが生まれる少し前に分譲で売られていたのを購入したらしい。

門の横には〝倉沢〟の表札。家を買って以来変えていないから、随分とくたびれてしまっている。

「なんか緊張するなあ。お家の人はいるの?」

「うん、お母さんが」

「そうなんだ。きちんとごあいさつしなきゃね」

緊張する、なんて言いながらもハナはちっともそんな感じを見せない。いつもと同じふわふわとした、柔らかな雰囲気そのままで。

逆に、わたしは心臓が今にも口から飛び出しそうなくらいだった。自分から誘ってここまで来ておきながら、尋常《じんじょう》じゃなく緊張している。

「じ、じゃあ、入りましょうか……」

彼氏とか男友達を家に連れてきたことなんてこれまでだって何度もあるのに、なんでなんだろう。今まで一度だってこんな風に感じたことはなかった。何が違うんだろう。何が。

「あは、ちょっと、セイちゃん落ち着いて」

ぽん、とハナの手のひらが頭の上に乗る。リズムよく何度か跳ねた後、わしわしと指先だけで撫でられた。

「なんでセイちゃんがそんなにガチガチになってるわけ？」

「だってそれは……てか、なんでハナはそんなに気楽そうなのさ」

「言ったでしょ。僕だって緊張してるんだよ。当然でしょ、女の子の家に呼ばれてお母さんにも会うかもしれなくて。ドキドキしてんの、僕だって」

「でも、そんなふうに見えない」

「だってそれ以上に楽しみだから。セイちゃんのことを知れるのが」

ね、と首を傾げて言われれば、どんなことも言い返せない。くちびるを噛みながら、赤くなる顔を隠して俯くしかなくて、でも。

「ハナ」

「ん？」

「お母さんに、会ってほしいんだ」

「うん」

「引っ越すとなかなか機会ないと思うし。お母さんも、ハナも、わたしの大好きな人だから、ふたりにちゃんとお互いのこと紹介しておきたくて」

「うん、わかった」

見上げた。ハナの顔を見て気付いた。

ハナのことをとても大切に思うから、自分のことを知られるのが怖いんだ。だけどそれよりも知ってほしいと思うんだ。覚悟を決めなきゃ。逃げてばかりじゃなくて。たまには。

「よし！　腹くくった」

「あは、セイちゃん男前だなあ」

「それ褒《ほ》め言葉じゃないよ」

玄関のドアを開ける。ほのかに家の匂いがする。

「ただいま」と中に向かって声をかけると、お母さんの返事が返ってきた。

「あら、星？　おかえり、今日は早かったのね」

リビングからひょこっと顔を出したお母さんは、こっちを見て少し目を見開いて、それから「あら」と声を上げた。

「ハナくんね。はじめまして」

ハナを連れてくることはお母さんには言っていない。だけどすぐに気付いたみたいで、お母さんはゆっくりと顔をほころばせた。

「はじめまして。芳野葩といいます」

「星の母です、よろしくね。さあ上がって。ちょうどお菓子があってよかった」

「いえ、お構いなく。お邪魔します」

結局気の利いた言葉なんてひとつも言えないままだったわたしと違い、ハナは相変わらずにこやかで、余裕のある上品な態度のまま家へ上がった。

初めてハナと出会った日に、育ちがいいのかなあ、なんてことをなんとはなしに思ったことを思い出して、やっぱり丁寧に育てられたのかなと改めて感じた。ついでに自分のダメっぷりに落ち込みつつ、綺麗に並べられたハナの靴の隣に、いつもはしないくせに自分のパンプスを揃えて脱いだ。

さすが、すぐに誰とでも仲良くなれるハナだ。あっという間にお母さんと打ち解けて、わたしそっちのけでふたりでずっとお喋りをしていた。

お母さんはわたしの小さい頃の話をしたり。ハナは持っていたアルバムをお母さんに見せたり。

わたしはむすっとしながら横で紅茶をすすっていたんだけれど、お母さんとハナが楽しそうに話している光景は素直に嬉しくて、なんでかちょっと泣きそうにもなった。

「ハナくんに会えて、よかったわ」

最後にお母さんがそうハナに言った。ハナはそれには何も答えずに、口元だけで小さく微笑んでいた。

――いつかハナは今日のことを、そしてお母さんと会ったことを忘れてしまうんだろうか。

考えて、悲しくて、そしてきっとハナもお母さんもそれを知っていて。知っていて、ハナは何も答えず笑って。お母さんは知っていてもなお、会えてよかったとハナに言うんだ。

気持ちなんてどうしたって伝えられない。言葉にしたって伝わるのはそればかりで、人の心の内を知るのはとてもとても難しい。だからこそもどかしくて、でもどうしようもなくて。ただ少しでもきみに伝わればと、そればかりを思っている。

たった一日の世界できみが出会った人たちは、きみに出会えて本当によかったと思っているはずなんだ。たとえきみが、すべての出会いを忘れてしまったとしても、他の人の心に残ったこの出会いは、きみの存在と同じで、とても大切なものなんだ。

気付けば随分日が落ちてきていた。夕暮れ時といえる空。

お母さんはまだ名残惜しそうだったけれど、あまり遅くなってもいけないからそろそろ切り上げることにした。

「じゃあセイ、ちゃんとハナくんを送っていくのよ」

「うん」

帰り道がわからないハナを噴水の公園までわたしが送っていく。ハナは「ひとりでも大丈夫だよ」と言っていたけれど、ハナと違ってわたしはそういう遠慮はしないのだ。

「ハナくん、セイのこと、よろしくね」

ハナは少しだけ間を置いてから「はい」と返事をした。お母さんは嬉しそうに笑って、家を出るわたしたちを手を振って見送った。

門を抜けて少し歩いたところで「バイクがあった」とふいにハナが言う。

「ああ、うん。あれがわたしの原付」

「ゲンツキ」

「うん。高校出たらね、二輪の免許取ってもっと大きいバイク買うんだ。ふたり乗りも楽にできちゃうやつ」

「大きいのがほしいの？」

「そうだよ。ハナと一緒に乗るの」

もっとわたしが大人になったら、ハナをわたしのバイクの後ろに乗せて、どこまでも行きたい場所へ行くんだ。思い出のあの丘とか、他にももっとたくさん。わたしもハナも知らないいろんな場所へ。

「それは、僕とした約束？」

「違うよ。ただのわたしの願望」

「そっか」

そのときなんとなく隣を歩くハナを見上げた。

どきっとしたのは、見惚れたわけじゃなく。夕焼けでオレンジに染まる横顔。それがとても綺麗で、いつまでも見ていたくて。だけど、それよりも不安になったせいだった。

ハナの表情に見覚えがある気がした。何かに似ていた。

そう、いつかハナが撮った、わたしの写真と同じ顔。何かを必死で考えているときの表情だ。誰にも言えない、自分にとっての大事なこと。

「ねえセイちゃん」

ハナが呼ぶ。ハッとして、でもとっさに答えることができなかった。

ハナは真っ直ぐ前を向いたままだった。わたしを見ないままでどこか遠くを見つめていた。

「セイちゃんが僕にそばにいてほしいと思うとき、僕はいつでもきみのそばにいるよ」

唐突にそんなことを言って、「でも」と続けたところで、ハナの目が一度だけこっちを見た。一瞬合った視線の中でハナはちょっとだけ笑って、それからまた前を向く。

「でもね、もしもきみが僕のことを嫌になったら、そのときは構わずに離れていっていいからね」

笑顔が。笑いたくて笑っているんじゃないんだとわかった。いつだって誰より綺麗に笑うきみの、いつもの顔と全然違うから。

「なんで」

なんでそんな顔をするのかわからない。なんできみが、そんなことを言うのか。でも、きっとたくさん考えて言った言葉。自分の中に積もりに積もったいろんなこと、必死に考えてハナはわたしにそう言うんだろう。

離れていっていいから、と。

どれだけ一緒にいたって心の中まで知ることはできなくて、わたしはきみが何を考えているのか、知りたくても知れないけれど。

「わかった」

ぎゅ、と隣を歩いていたハナの手を握った。ハナは少し驚いた顔をして、指先でわたしの手を握り返す。

「わかったよ。でもその代わり、もしもハナがわたしのことを嫌になっても、わたし絶対、離れていかないから」

わたしはきみが何を必死に考えているかわからないんだ。きみはわたしの心に寄り添ってくれるけど、それすらできないわたしはもう、仕方がないから、自分の心の思うままに行くしかない。

歩く道の先は、ゆっくりと藍色に包まれていく空。太陽は背中のほうに落ちていって、地面に影が長く伸びる。ハナの影のほうが少しだけ長い。わたしたちが歩くのと同じようにその黒い分身は進んでいって、でも、ぴたりと長いほうの影だけが止まった。

「どうしたの?」

わたしも立ち止まって振り返る。右手と左手だけで繋がった、少し距離を空けた後ろでハナはじっとわたしを見ていた。

夕日を背負っているせいで眩しかった。ハナの顔があまりはっきりと見えない。

「セイちゃん」

声は、透き通ってよく聞こえた。他の音が一切聞こえなくて、ハナのその声だけがわたしの中へ沁みていく。

「ありがとう。僕はきみに会えて本当によかった」

ハナ、どんな顔してるの。ハナ、わたしは今、どんな顔してる？

「きみは僕の宝物」

ハナ、わたしまた、あのときと同じ顔しちゃってるんじゃないのかな。きみと全然違った顔。でも今は、きみも、同じ顔をしちゃっているね。

ハナが、わたしの瞼にひとつ小さなキスを落とした。

すぐそばで見るきみはとても綺麗で、近くにいるだけで嬉しくて、だけどすごく涙が出そうで。行こうか、と握り返してくれる手を、離れないようにきつく包んだ。

そばにいてね、そばにいるから。

そう、繋いだ手に、願うことしかできなかった。

Ⅸ

Hylotelephium sieboldii

真っ黒な世界

「星、ちょっと手伝って」

一階から声が聞こえて、慌てて下に降りていった。

もう出掛けようとしてたのに、とブラウスのボタンを留めつつリビングのお母さんのところへ向かう。

リビングは随分散らかっていた。物が散乱しているわけじゃなく、そこかしこに段ボール箱が置かれているからだ。

「何を手伝う？」

「そこの箱三つ玄関のところに置いといて」

「それくらい自分でやってよ。わたしもう出掛けるのに」

「だって重いのよ。お母さん腰痛めちゃうから」

「もー」

抱えると、その段ボール箱は本当に何入ってんだってくらいに重かった。これじゃわたしも腰痛めるぞ。呆れながら、必死で三個の重たい箱を玄関前の廊下まで運んでいく。

明日が、お母さんが家を出る日だった。隣の市のアパートへの引っ越しだ。近くで働く場所ももう決まっているという。

わたしはやっぱりお父さんとここに住むことに決めた。お父さんの一人暮らしは心配だったし、結婚してから初めて仕事をはじめるお母さんの負担にもなりたくなかったからだ。

「いつでも遊びにおいでね。ハナくんも一緒にね」

お父さんといるとわたしが伝えたとき、お母さんはそう言ってくれた。少し寂しそうな顔をしていたのが辛かったけれど、これがまた新しいはじまりだと思えば我慢もできた。

「置いておいたよ。わたしもう行くね」

「うん。ハナくんによろしくね」

「はーい。いってきまーす」

いってらっしゃい、という声を背中に受けて、少し重たいカバンを背負い家を出た。

ハナは今日は月に一度の検査の日だと聞いていた。病院が終わるのが何時くらいかは、これまでの経験で知っている。だから、それに合わせてわたしも少し遅く家を出るつもりではいたけど、思わぬ労働で予定よりもさらに出発時間が遅れてしまった。最近は負けることが多いから、今日は先に着いてやろうと思っているのに。

通い慣れた道を、足早に進んでいく。駅の近くのいつもの公園。相変わらず仕事をしていない噴水の前を通り過ぎて広場の奥へ進めば、いつだって人気のない芝生の生えそろった丘へ着く。ちょっと期待はしたけれど、そこにはやっぱりもうきみがいた。

ああ、また負けちゃった。たまにはきみを待っていたいのになあ。

少し歩く速度を緩めて緩い丘の下へ行く。

そこで顔を上げて、きみの名前を。

——ハナ。

呼ぼうとして、でも呼べなかったのは、ハナの表情がとても悲しそうな、今にも泣きそうで、でも、絶対に泣かない顔をしていたせい。

あれは。

最近よく見る、わたしがハナに出会った頃にしていた顔と同じ顔だ。何かを必死に考えているときの顔。何を考えているのかは、わからないけれど。

思い返せば何度か心当たりがあるんだ。ふと気付くとその表情を見せていて、でも、すぐにいつもの顔に戻る。わたしには気付かせたくないみたいだった。それもわたしと同じだ。わたしも、誰にも何も知られたくなかった。

空を見上げているハナは、わたしに気付いていないみたいだった。

どうしたらいいのかな。でも、どうしたらいいのかわからない。だってわたしには、なんでハナがこんな顔をするのかがわからないから。何を考えているのか。何をしたら笑ってくれるのか。

「…………」

掛ける言葉は見つけられなかった。その代わりに、急いでカバンを開いて持ってきたものを取り出した。重たいそれを顔の前に掲げる。よく理解できなかった本の内容を手探りで試してみる。

——カシャ。

乾いた音が静かに響いた。ファインダー越しにハナと目が合う。

「セイちゃん？」

カメラを下ろすと、ハナは驚いた顔をした。

「こんにちは、ハナ」

「こんにちは……って、え？　今、もしかして写真撮った？」

「うん、もしかしなくても撮った。ハナのこと撮った」

「ちょっと、嘘。やだ僕、今変な顔してなかった？」

「してた。ちゃんと撮っておいたから、現像したら見せてあげるね。絶対綺麗に撮れてるはず」

「やめてよー、うわあ、すごく恥ずかしいんだけど」

「これでわたしの気持ちも少しは理解したでしょ」

「なんのこと？」

「変な顔を撮られる恥ずかしさ」

「セイちゃんが変な顔をしてたときなんてないよ」

「いっぱいあるっての。ハナのアルバムはわたしの恥ずかしい記録ばっかりだよ」

カメラを抱えたままでずんずんと丘を登っていく。隣に立った頃にはもうハナはいつもの柔らかな表情に戻っていて、安心しながら横にぺたんと座った。草の匂いがする。

「いいでしょ、わたしのカメラ」

「びっくりしたよ。でも隠し撮りはよくないな」

「その言葉そっくりそのまんまハナに返すよ。思い知れ、わたしの常日頃の恥を」

と言ってもハナは、自分は隠し撮りなんてしないと思っているから、わたしの言葉なんて聞く耳持たずだ。なんだか最強のとぼけ方だなあと思う。

「かっこいいね、そのカメラ。どうしたの？」

「お父さんに貰ったんだ。古いし重いけどね、性能はいいみたい」

「へえ、ちょっと借りていい？」

ハナはカメラを手に取ると、空に向けてカシャリとシャッターを切った。わたしのカメラに刻まれる、ハナの見る世界。

「ほんとだ。僕のよりもちょっと重いね。大きさもこっちのほうが大きいし」

「うん。だからね、持ってると腕疲れちゃうんだよ。三脚買おうかな」

「あは、三脚持ち歩くほうが疲れちゃうよ」

返ってきたカメラをカバンにしまう。パンパンのファスナーをどうにか閉めて、それからハナに尋ねる。

「今日はどうする？」

ハナは「んー」と唸った後、ごろんとその場に寝ころんだ。芝生の上で眩しそうに目を閉じるのをわたしは横から見下ろしていた。

「そうだね、今日は、ここでのんびりしてたい気分」

「ここで？」

「うん、たまには」

珍しいな。ハナはわたしよりもずっと歩き回るのが好きなタイプだから、こんな天気のいい日には絶対に出歩くと思ったのに。

「ふうん、わかった。じゃあわたしも寝よっと。おやすみ」

わたしが何かを望むとき、きみは必ずその通りにしてくれるから、その代わりにいつもはわたしがきみの気まぐれに付き合うのだ。

「ちょっとセイちゃん。僕、別に寝てはいないよ」

「わたしは寝ちゃいそうだから、寝ないようになんか話して」

「んー、じゃあ、うちのコロの話をしようか」

ハナの話は、愛犬コロちゃんがハナのお家に来たときの話。コロちゃんはご近所さんの家から貰ってきた子で、一緒に産まれた六匹の中で一番小さな子犬だったそうだ。そのせいで他の兄弟に負けてお母さんのおっぱいもなかなか吸えなくて、余計に成長の遅い子だったらしい。

だけど初めて会いに行ったとき、ハナはひと目でその子を気に入った。たったひとりで頑張っていた小さな子。

「この子を、自分の家族にしたいと思ったんだよ」

それはもう三回くらい聞いたことのある話だ。でもわたしは今回も、それを何ひとつ聞き逃さないよう大切に聞いた。

それは紛れもなく、もう増えない、ハナの大事な思い出のひとつだったから。


暖かい日だ。しばらくの何気ないお喋りの後、自然と黙って空を見ていた。ひとつ、ふたつ、みっつ。雲の数を数えてみる。ラッパみたいな変な雲。お尻が溶けてる薄い雲。

こういう形とか、数とか。たぶんすぐに忘れちゃうんだろうな。でも、それを誰と一緒に見たのかは、きっとずっと憶えてる。

きみと過ごした時間。確かに隣にいた瞬間。ずっとずっと先の未来まで、何が起きたって大丈夫なように。思い出がそばにいてくれるように。いつだって近くにあるように。きみの中にもあるように、願いながら。このときを刻みつける。

太陽は、最初に寝ころんだときよりも少し低い位置に落ちていた。時計を確認すると、まだ日が暮れるには早すぎる時間。いつもハナが「もう帰ろうか」と言い出す時間はまだ先だ。

「ねえハナ」

「ねえセイちゃん」

呼び合ったのは同時だった。

少し驚きながら、体を起こして仰向けに寝ているハナを見下ろす。

「何?」

「ん、僕はいいよ、すごくどうでもいいことだったから。セイちゃんは?」

「わたしは、明日お母さんの引っ越しの日だから、準備手伝いたくて、今日はもう帰ろうかなって」

「そっか」

ハナものそりと起き上がる。そしてそのまま立ち上がって、まだ座ったままのわたしにそっと手を差し出した。

「じゃあ今日はもう帰りな。お母さんによろしくね」

「あ、うん」

握られた手に引かれてゆっくり丘を降りていく。一歩、一歩、進む先にハナがいる。見慣れたふわふわの髪が小さなリズムで揺れている。

どうしてか。本当にどうしてか、わからないんだけど、なんとなく胸がざわついた。なんだろうこの不安な気持ち。自分じゃ答えを出せないものが体の真ん中らへんでぐるぐるしてる。

そう、ときどき不思議と思う、きみが消えてしまうんじゃないかって考えるときと、同じ気持ち。

――ハナはわたしに何を言おうとしたんだろう。それは本当にすごくどうでもいいことだった？

でも、それは聞けないまま、いつも別れる公園の入り口で最後にハナと向き合った。

ねえハナ、ともう一度呼ぼうとしたけれど、

「気を付けて」

ハナが先にそう言うから、わたしは頷くしかなくて、そのままハナに背を向けた。

そのときハナは、確かに笑っていた。

なんとなく気持ちは晴れないまま、家に帰って、お母さんの引っ越しの手伝いをし

た。

だいたいの荷物はもう整理してあるけれど、残りのこまごまとしたものを片付けたり、ついでにいらないものの処分もしたり。

家の中はだいぶすっきりしている。家具などはほとんどそのままなのに、ほんの少し物がなくなるだけで随分様子が変わるものだ。

玄関前の廊下に積まれた荷物。明日、お父さんが借りてくる軽トラックに乗せて、このお母さんの荷物が別の場所へ運ばれていく。

「こうしちゃうとなんだか寂しいね。初めて一人暮らししたときみたいなワクワクも実はあるんだけど」

「とても今から離婚する人の心境とは思えないね」

「ふふ、そうね」

お母さんとふたり、山積みの段ボール箱を感慨深く眺めていた。今日は仕事のお父さんも、日曜の明日は引っ越しを全面的に手伝う予定だ。

「明日かあ」

明日にはこの家からお母さんがいなくなると思うと、急に寂しくなった。

ガランとした、物の少ない家。それは、決まってはいてもなんとなく現実味がなかった今までと違い、嫌でも家族が減ったことを思い知らされる。

今までとは違う生活。知らない、新しい日々。

「不安?」

お母さんがふいに尋ねた。わたしは曖昧に頷いてみせる。

「お母さんは不安じゃないの? 寂しくはないの?」

「んー、確かに寂しいわね。これからはひとりだから。たぶんアパートに越したら、余計それを感じると思う」

ぽこぽこと段ボール箱を叩いて、お母さんは少しだけ目を細めた。

「でも、持っているものをすべて抱えたままじゃ、進めない先もあるのよ」

お母さんがそっと、わたしの頬を撫でる。

「前に行くには、捨てなきゃいけないものがあるの?」

「人生ってのは厳しいものね。神様ってどうしてこう性格悪いのかしら。好きなようにさせてくれたらそれでいいのにね」

「そういうこと言うとまた神様に意地悪されちゃうよ」

「そうそうお母さんばかりに構うほど神様も暇じゃないわ」

わたしが笑うと、お母さんも笑った。

それが嬉しかったけど、お母さんはすぐに笑顔のままくちびるを少しだけ引き締める。

「今のお母さんにとって、前に進むために置いていかなきゃいけないのが、きっと、お父さんと星だったのね」

　また、泣くかと思った。けれどお母さんは泣かなかった。だからわたしもくちびるを噛んで、零れそうな涙を堪える。

「わたしとお父さんには、それがお母さんだったってこと?」

「そう。でもね、家族が別れても今までの日々の証がある。星、あなたがいるもんね。だからね、寂しいけど悲しくはないよ」

　そう言うお母さんの顔は、本当に晴れやかで、やっぱりお母さんだなと思った。きっとこれがお父さんだったら、たぶんぼろぼろ泣いている。

「それよりも、星」

　リビングに戻ろうとしたわたしを、お母さんの声が止めた。

「何かあった?」

「え?」

「さっきから、どうも表情おかしいけど」

　何も答えなかったけど、何も答えないことが返事になってしまっていた。お母さんは息をつくと、困ったように笑って先にリビングに戻っていく。

「もう後少しだから、お母さんひとりでできるよ」

「でも」

「星はそうやって、すぐに自分の心隠しちゃうのが悪い癖ね。女は後先考えず突っ走るくらいが丁度いいの」

「お母さん、そのせいで離婚するくせに」

「あ、星ったらデリカシーないわねえ」

ぷくくと笑うお母さんを、わたしはじっと見つめて。

『セイちゃんデリカシーないなあ』

笑ってくれたきみを思う。今日、いつもとは違う顔だったきみを思い出す。

何かをひとりで、必死になって考えているきみ。

ハナはあのとき、何を思っていたんだろう。

ひとりでいたかった？　誰にも言えないことだった？　それとも少しでも、わたしにそばにいてほしいと、きみは思ってくれていたのかな。

「……何ができると思う？　わたしに」

きみが何を考えているのかすらわからないわたしが、一体きみに何をしてあげられるのかな。どうすればきみは、いつか見たみたいに、綺麗な顔で笑ってくれるのかな。

あんなふうに、自分の心を隠さないでいられる？

「星は、何をしてもらったの？」

「え？」

「何ができるかわからないなら、してもらったことをやればいいのよ。とても簡単なことでしょ」

「してもらったこと……」

ひとりで作業を続けるお母さんの、屈めた背中をじっと見ながら、ハナが、膝を抱えて小さくなっていたわたしにしてくれたことを考える。

「そばにいてくれた」

泣きたくないとき、泣きたいとき、大きな声で笑いたいとき。ハナはわたしのそばにいた。

だからわたしもハナに言ったんだ。わたしもハナのそばにいるって。

ハナ、きみは今、わたしにそばにいてほしい？

思い過ごしだったり。自意識過剰だったり。それならそれで別にいいんだ。ハナがひとりでいたいなら、それでわたしは構わない。

でもね、もしもきみがわたしに隣にいてほしいと心のどこかで思うなら、わたしはいつだって、どこへだって、きみを探しに行こう。きみのその手を掴むために。

「ちょっと、もう一回、出掛けてくる」

お母さんに背中を向ける。原付のキーを取って、置いていたカバンを掴んで。

「いってきます！」

家の玄関を飛び出した。

「いってらっしゃい」

聞こえた声は夕空に響く。世界はオレンジに染まっている。

わたしは原付にキーを挿した。ペダルを蹴る。重たいエンジン音が鳴る。メットをかぶってハンドルを握る。アクセルを開いた。

遠くに行きたくて買った小さなバイクだ。それでもどこにも行けなかった。

わたしを遠くに連れていってくれたのはきみだ。このバイクは、きみのところへ連れていってくれる。

ハナ。

きみはまだそこにいてくれているかな。不安で怖いよ。でもわたしも行くね。

もしもきみが今もそこで、たったひとりでいるのなら。大切なことを考えて、涙を流せずにいるのなら。

今きっと、泣きたいときに泣けない場所にいるきみに、大声で泣いて、心から笑ってほしいから。

わたしはきみのそばにいる。

待っていて、ハナ。すぐに、行くからね。

公園に着いた頃、まだ空はオレンジ色だった。

入り口に原付を止めて、さっきも通った場所を走っていく。丘の下に人が立っていた。見慣れた顔だったけれど、それはわたしが会いに来た人じゃなかった。

「お兄さん！」

「……セイちゃん？」

そこにいたハナのお兄さんに向かって急いで駆けていったのは、どうにも様子が変だったからだ。

ただ通りかかっただけでも、ときどきそうするみたいに気まぐれにハナを迎えにきたわけでもないみたいだった。お兄さんは〝何か〟を、探している。

「どうしたんですか？」

「セイちゃん、ハナと一緒じゃなかったの？」

返ってきたのはわたしの問いへの返事じゃなかった。

でも、答えも同然の返事だ。

お兄さんが今、〝何〟を探しているのか。ここにはいない、きみを。

「どうしたんですか。ハナはどこに？　わたし、少し前までは一緒にいたんです」

「ハナ、あいつ……」

お兄さんの顔が歪んだ。とっさに覆った瞳から、涙が落ちるのを見た。

胸が鳴る。不安な鼓動。

「部屋に置いてあったんだ。ノートもアルバムもそのまま。いつもふらふら出歩くけど、それを持っていかないことなんてなかったから不安になって。あいつが行きそうなとこ探したけど、それでも」

どこにも、いない。

ハナがどこにも。

「どこに、行ったんだよ。ハナ」

そういえば今日ハナはノートもアルバムも出さなかった。いつも大事に持っていたのに、今日は持っていなかったんだ。大切な記憶の証を置いて、きみはどこかへ行ってしまった。ついさっきまで一緒にいたのに、何も言わずにひとりで。

夢で見た光景を思い出す。おぼろげな景色だ。でも憶えている。泣きそうな顔で笑いながら暗闇の向こうへ行ってしまうきみ。追いかけても追いつけない。ただ名前を呼ぶしかできなかったわたし。

「どうすればいい、あいつが、戻ってこなかったら!!」

お兄さんが吐き出したのは痛いくらいの想いだった。顔を隠した指の隙間からはいくつもの涙が零れている。必死で我慢しようとして、でも抑えられなくて。きっとわたしよりも大きな不安を、ずっと抱えている人。

「ハナに何か、あったんですか？」

きみがときどき、わたしに言わない何かを必死で考えている理由。それが何か関係している？

わたしにはわからなかった、きみが、泣きたくても泣けない理由。

今日、わたしにきみが言いかけたこと。

「ハナ、は」

お兄さんがゆっくりと瞳をわたしに向けた。

まだ涙で濡れたそれは、きみのとよく似ていた。

「ハナの記憶がもつ時間……どんどん、短くなってるんだ」

息を止めた。

その一瞬だけが、言葉の持つ意味を理解するのにかかった時間だった。

記憶が短くなっている。ハナに残っている思い出が、どんどん消える速度を速めていく。たった一日しかない記憶が、もう、たった一日すら残せなく。

それは、一体、どこまで。

たとえば――。

「可能性は確かにあって。うちの両親がずっと記録を付けてたんだ。主治医の先生とも一緒に検証をして、それで間違いなく、ここ数ヶ月で徐々に記憶される時間が減っているって診断された。おそらくこれから先も、もっと」

「ハナはそれを知っているんですか？」

「知ってる。少し前の、まだ〝もしかしたら〟って段階から伝えてた。ちゃんと受け入れて、今日、確かになった結果を伝えても、わかったって笑いながら言ってたって」

騒いだり、喚《わめ》いたり、悲嘆に暮れたりしなかった。覚悟して、なすがままに、すべてを受け入れたように見えた。

でも。

「平気なわけがないんだ。苦しいに決まってる。何も言わないだけだ、人に心配かけたくなくて。あの馬鹿、本当に」

いつから、いつからハナは、それを考えていた？　自分の記憶が、さらになくなっていくかもしれないこと。

あのノートに、大切な記憶のノートに書いていたに違いない。毎朝見て、知って、どれだけひとりでハナは悩んできたんだろう。

わたしに心から笑ってくれていたときも。下を向いたわたしに手を差し伸べてくれたときも。光の見える場所へ、わたしを引っ張り上げてくれたときも。きみはずっと考えていたの？　ずっと、ずっと、ひどく苦しんでいる心で、だけどわたしの手を、離さず握っていてくれたの？

「……ハナ」

記憶がなくなるって、どういう感じなのかな。

眠りについて、目が覚めて。毎朝、何ひとつ知らない世界に降り立つこと。

昨日までの自分がわからない。今の自分さえわからない。世界に取り残される感覚。

それがどれだけ辛くて怖いことか。

わたしたちにはきっといつまでだって理解できない。想像もできないほどのことなんだ。

それをハナは、たったひとりで、必死に受け入れようとした。きっと、心の奥にとても暗い場所をつくって。いろんな思いをそこに沈めて。

きみの見る何より美しい世界の裏側に、隠されていた深い暗闇。

星のない夜空のような。何も見えない、真っ黒な世界。

ずっと、たった、ひとりで。

きみはそんな場所で、膝を抱えて泣けずにいたの。

「セイちゃん」

お兄さんが、かすれた声で言う。

「ハナを、助けてあげて」

必死な叫びだった。決して大きくはないのに、こんなにも強く響く。

「ハナは、意識的にか無意識かは知らないけどね、事故に遭ってからはあんまり人とかかわらなくなった。忘れちゃうのが怖くて、たくさんの人に囲まれてるのにどっかでいつもひとりでいたんだ」

いつか、三浦さんが言っていたことを思い出す。

『いつもすごく楽しそうだったよ。でも反面、よく早退したり、休みがちでもあったみたいだけどね』

笑っている顔。忘れたくなくて、見つけた景色を写真に撮る。でも、忘れてしまう。忘れたことすら忘れる、もう二度と、戻らない思い出。

「だけどたったひとつだけ。どうしてだろう。とても大切にしたものがあるんだ」

消えていくきみの記憶。

その中に残ったわたしの姿。

「セイちゃんだけなんだ。記憶がもたなくなってから、あいつが持った、大切なもの」

――きみは僕の宝物。

いつかの声が聞こえた気がした。記憶の中のきみの声。

「セイちゃん、俺からのお願い」

お兄さんは涙をぬぐった。そして真っ直ぐにわたしを見つめて、もう震えはしない声で、もう一度言った。

「ハナを助けてあげて」

――ねえ。きみは今、どこにいるんだろう。どこにいて、何を思っているんだろう。

心の奥で、本当はわたしと同じに膝を抱えていたはずのきみは、それでもわたしに笑って、わたしに手を差し伸べてくれた。ここにいていいんだと、声高く言うきみの言葉が、わたしに空を見上げさせた。

だったらわたしは。わたしはきみに、一体何ができるんだろう。何をしてあげられるんだろう。

たった一日……それよりも短い記憶の中に。わたしは、何を、残してあげられるんだろう。

「できません。わたしには、ハナを、助けられない」

目を見開くお兄さんを、わたしは息を短く吸って見上げた。視界にはいつもの丘と楓の木。そしてオレンジと紺の混ざる狭い不透明な空。

「わたしはハナを、助けてあげられるような人間じゃない。ハナの気持ちにも気付けなかったし、今だって、何をすればハナが心から笑ってくれるのかもわからない」

きみは簡単に、わたしの心を正直にしてくれたのに。わたしにはそれがどんなことより難しい。優しい人であれたらいいけど、わたしはいつも結局自分勝手だし。きみに笑ってほしいのは、きみが笑ってくれたらわたしが嬉しいからで。そのうえ、いつだってその方法を探してあたふたしているだけで、きみがわたしの知らないところで抱えていたものにすら気付かない。

こんなわたしのこと、きみは笑う？

馬鹿にされても、笑ってくれるならそれでいいけど。でも、ハナ、きみはそんなふうに、わたしを笑ったりはしないんだよね。笑い者にすらなれないわたしは、ほんとに何をしたらいいかわかんないよ。

だけど、だけどね。

ひとつだけ決めていたことがある。

「それでもわたし、そばにいる。ハナが泣きたくても泣けないとき、それから、笑いたいときに笑って、泣きたいときに泣けるようになったとき、わたしはハナのそばにいるって。決めてたんです」

きっと、わたしはまだ暗闇を照らす光にはなれない。

だけどその代わりに、きみがしてくれたように、光が見える場所へ、暗いところに沈んだきみを引っ張り上げてあげるから。

上を向いてと。確かにあると。真っ暗だと思ったそこには、小さな星が浮かんでいると。教えてあげるために。きみがわたしに教えてくれたように。

今度はわたしが、暗闇の中俯くきみへ。

「わたし、行きますね」

足を踏み出して通り過ぎたわたしを、お兄さんは追いかけてこなかった。きっと振り向きもしなかった。

誰よりも今すぐ走り出したいはずの人は、わたしに言葉だけを預けて。

「ハナを、よろしくね」

背中越しに声だけを聞いた。

振り向かずに、わたしは真っ直ぐに、自分の行きたいところへ走った。

X

Forget-me-not

いつまでも、きみを

きみがいる場所がわかっていたわけじゃない。ただなんとなく、そこにいるんだろうと思っていた。

公園の小さな裏口から続く、丘陵に沿ってある階段。住宅の隙間を縫ってところどころうねうねと曲がるそれは、どこでもない場所へと繋がっている。

いくつもの段をのぼったその先。階段の終点の、近所の猫の昼寝スポット。いつか見つけた場所だ。ここからの景色を見て、わたしたちは揃って言葉を失ったっけ。

とても綺麗な景色だった。でも今でも何より鮮やかに思い出すのは、ここから見える景色の中で笑う、きみの顔。ここは、わたしときみの、秘密の場所。

「ハナ」

小さな声で、呼んでみた。膝に置かれていた頭が、そっと持ち上がる。

「セイちゃん？」

「こんにちは」

「なんで、ここにいるの」

ハナは随分驚いた顔をしていた。わたしはハナの場所より数段下で、見上げる形で立っている。

「ハナこそ、なんでこんなところにいるわけ」

「わかんない。ここ、どこだろ。セイちゃんは知ってる？」

「知ってる。教えないけど」

「あは、何それ」

「秘密の場所だもん」

ハナは笑顔だった。でも笑ってなんかいなかった。

少し風が吹いて、きみの髪が揺れる。綺麗なそれを、わたしは見ている。

「…………」

じっと、何も言わずに見つめ合っていた。長い時間のような気がして、でも本当は、たった数秒の間。

ハナの顔が、ゆっくりと歪んだ。

「……セイちゃん」

声はほんのかすかで、吹いた風に飛ばされてしまいそうなくらいだ。

だけど確かにきみの喉は、わたしの名前を呼んだ。

「セイちゃん」

泣きたいんだと、言っているみたいだった。それでも泣けなくて苦しんでいる。

わたしの名前を呼んでいる。きみの心が、叫んでいる。

「僕は、誰もいないところへ行きたい」

きっと、きみは、誰よりも。この世界が好きなのに。

「十分だったのにね。今があるだけで。でもいつの間にかすごく怖くなった。忘れるのが。どんなに大事だと思っても、眠って朝起きたら何もかも忘れてること。忘れたことも忘れて、誰かを傷付けて。たったひとり、いつまでも、この場所に取り残されるのが」

「…………」

「セイちゃん。僕は、もう、記憶だけが消えてなくなるのなら、全部をここから消してしまいたいよ」

いつかきみが言っていた。辛くはないんだ。だって、今楽しいからって。

一日しかもたない記憶を辛くはないのかってわたしが聞いたら、きみはそう答えたんだ。何もかもが新鮮に見える日々。毎日新しいことを見つけられる日々。とても美しい日々。

「だめなんだ。いつからこんなに身勝手になったんだろ。十分じゃなくなっちゃった。僕は明日も明後日も、ずっと、いつまでも、今と同じ〝今〟を繰り返していたいと思うようになっちゃったんだよ」

綺麗な綺麗なきみの世界を。こんなに愛しているからこそ、きみは、とても、とても、悲しいんだね。

繰り返し新しくなる世界。きらきらした宝物で溢れていたきみの世界。そこをひとりで歩きながら、ハナはいろんなものを見つけて、そして忘れていったけれど。どんどん狭くなっていく世界が、とうとう自分の立つ場所だけしか残らなくなってしまった。

とても小さな陽だまり。まわりの消えた、自分ひとりだけの場所。きみの見ていた世界に置いていかれて、きみだけがその場所に取り残される。

「ハナ」

それはどれだけ怖いことかな。わたしにはわからないよ。

でもひとつだけ、きみと同じ思いを持っている。わたしも同じ。

いつまでも大切に抱えていたいものを、この綺麗なだけじゃない世界に、見つけてしまった。

「ねえハナ、だったら」

残りの階段を登っていく。静かな足音が空に響く。

夕暮れももうすぐ、長い夜に変わる。

「わたしと一緒に、誰も知らない場所へ行こうか」

ハナの目の前で、ハナに目線を合わせた。

目を見開いた顔に、きっとあのときのわたしも同じ顔をしていたんだろうなと、少しだけおかしくなる。

「ハナが望むなら連れていってあげるよ。他の全部をここに置いて、わたしたちだけで、他の誰もいないところへ」

ぎゅっとカーディガンを掴む手に、わたしの手を重ねた。

こんなことしても伝わるのは温もりだけだと知っている。でも、離しはしない。

「僕は」

もし、ハナがここで頷いたら。本当にきみを連れてふたりで遠くどこかへ行こう。誰に馬鹿だと言われても、子どもの幼稚な考えだと笑われても。

きみを連れて、ふたりきりで、きみの行きたいところへ。

どこまでもずっと。

でも、ハナは答えなかった。あの日のわたしと同じだった。あのときわたしは、真剣なきみの瞳に何も言うことができなくて。

答えなんて決まっていると思っていたのに、それは喉から出ていかなくて、本当に決めていた答えは、自分が思っていたものと違った。

「……っぷ」

「セイちゃん？」

「ごめん、なんでもない。ねえ、ハナは憶えてないかもしれないけど」

わたしの中には鮮やかに残ってるんだ。

きみがくれた、たくさんの言葉。

「今の言葉ね、ハナがわたしに言ってくれたんだよ。消えたいって言ったわたしに、なら、誰も知らない場所へ行こうかって。わたし何も答えられなかった。そしたらハナね、それが答えだって言ったんだよ」

消えたい気持ちは嘘じゃなかった。それなのに答えることができなかったのはなんでなんだろう。わからなかった。ずっと。ハナに言われて、初めて気付いた。

「わたしまだ捨てられないもの、たくさん持ってた。本当に捨ててしまってからじゃもう取り戻せない、かけがえのない大切なもの」

いろんなものが嫌いになったのは、そのすべてが大好きだったからなんだと知った。大好きだから嫌いになった。嫌いになっても、まだ、ずっと、大切だった。

「わたしはハナがどれだけこの街が好きか知ってるよ。ハナが大好きな人も、ハナのことを大好きな人も知ってる。ハナだって、わかっているはずでしょう」

きみは確かにたくさん持ってる。わたしよりずっと、そのことを知っている。

だってきみの見る世界には、宝物みたいに綺麗なものが、あんなにもたくさん溢れているから。

そうでしょハナ。小さな小さなきみの世界、だけどそれは誰のどれより、輝いている世界なんだ。

「でも、セイちゃん」

ぎゅ、と。重ねていただけの手が、ハナの手のひらに包まれる。どれだけ長いことここにいたのか、いつも温かい手はすっかり冷え切っていたけれど、それでもきみの温度は伝わる。こんなにそばに、熱までわかるくらいに、近くに、確かに、わたしたちはいるのに。

「僕は」

指先に込められた力は痛いくらいに強くて、かすかに震えていた。

ハナが、泣いている。

大きな目から涙を落として、くちびるをぎゅっと噛み締めて、ハナは泣いていた。ぼろぼろと止まらない涙はひとつずつ落ちて、地面にいくつも染みをつくる。

目を離せなかった。涙を流すきみから。

「忘れたくないんだ。セイちゃん、きみのことを」

一滴がわたしの手に落ちて、それからハナの指先へ伝う。

「だって、この世界に、きみ以上に大切なものを見つけられない」

光るきみの涙。とても綺麗な透明だった。いつから溜めていたものなんだろう。たくさん苦しみながら、誰にも見せられなくて隠し続けていたそれを、きみは今、わたしに見せてくれた。とても大切な言葉と一緒に。

知ってるよ、そんなこと。何をいまさらそんなこと。

わたしがきみの、何より大事なものだって。そんなの知ってる。

だってわたしもきみが世界で一番大切だから。

きみだけがいればそれでいいなんて、今はもう思わないけれど。きみがいなきゃわたしの世界は、少しも色を持たないままだ。

だって思うんだよ。

淀んでばかりいたわたしの世界が、少しだけ綺麗に見えるようになった今。

〝世界は綺麗だ〟という言葉を信じるのなら、きっと、わたしの世界はきみと出会ってはじまった。

だから――。

「立って、ハナ」

「……え？」

「立って。行くよ」

戸惑うきみを引っ張り上げて階段を降りていく。そうしながらケータイで、ある人に電話を掛けた。

もう空は暗くなってきている。きっと後少しで、星が昇りはじめる。

「セイちゃん、どこ行くの」

「誰も知らない場所へは行かない。でもちょっとだけ」

振り返る。まだ、涙で濡れたきみの頬を手のひらでぬぐって、驚いたままの顔にわたしは笑う。

「今からハナを、誘拐《ゆうかい》する」

きみのためになんて何もできないわたしが、できることはなんだろうって、必死になって考えた。大したことは何ひとつない。きみがよろこんでくれるかもわからない。だけど後先考えずに突っ走るくらいがちょうどいいんだ。怒るのも反省するのもあとにして、今はただ、きみの手を取って走るよ。

きみに見せたい、景色がある。

原付は、公園の入り口に止めてあった。裏口から公園に戻って、丘の脇を通って噴水の広場へ。

そこにはハナのお兄さんがいた。お兄さんはわたしとハナの姿を見つけると、座っていた噴水の縁から立ち上がって、大きな声で叫んだ。

「ハナ！」

「兄貴？」

少しの距離を開けて立ち止まる。ハナも、お兄さんも、同じような表情をしてお互いのことを見ていた。

しんと静かな夕方の公園。緩く吹いた風が楓を揺らして、ざわっと葉擦れの音だけ聞こえる。

お兄さんは何かを言おうとして、でも何も言わずに開きかけた口を閉じた。ハナも同じだった。泣かないけれど、今にも泣いてしまいそうな顔。

「お兄さん」

呼ぶと、ハナに似た瞳がわたしに向いた。

本当ならここでお兄さんにハナを引き渡すべきなんだろう。お兄さんの気持ち、少しはわかってるつもりだ。誰よりハナを大切に思ってるあの人はきっと今すぐハナをぎゅっと抱き締めてあげたいに違いないんだから。

でも、もう少しだけ。

「お兄さん、少しだけ、ハナを借ります」

これは確認じゃなく宣言だ。だってだめって言われたって連れていくつもりだから。

ハナがわたしを見た気がしたけど、わたしはじっと、お兄さんから目を逸らさずにいた。

お兄さんは、小さく縦に頷いた。それからさっきと同じようにわたしに向かって、

「ハナをよろしくね」、そう言ったから、わたしも頷いて、そして繋いでいた自分のじ

ゃない手のひらを、ぎゅっと強く握り直した。その向こうの入り口にはわたしの原付と、横に、三浦さんが立っている。

「おーい、倉沢さん！　持ってきたよー」

「あ、ありがとう三浦さん！　早いね、先に来てると思わなかった」

「来るに決まってるよ、走ってきた！　倉沢さんの頼み事だもん、全力で来るって」

はい、と渡されたのは、三浦さんが最近スクーターと一緒に買ったヘルメット。

わたしはそれを、うしろできょとんとしているハナにかぶせる。

「おお、芳野先輩があたしのメットを。なんか感動」

「ごめんね、このメット明日返すから。お家に持っていく感じでいい？」

「うん、いつでもいいよ。気を付けてね」

「ありがと」

わたしは自分のメットをかぶって、原付にまたがる。

「ハナ、後ろに乗って！　荷台、座れるでしょ」

ハナはまだ、何がなんだかわからないみたいだ。同じく何も知らないはずの三浦さんに、されるがまま座らされている。

「そうだ、芳野先輩。これ、倉沢さんとおやつに食べてくださいね。うちのクッキーです」

「あ、ありがとう。あの、きみ僕のこと知ってるの?」

「知ってますよ、もちろん」

「えっと、ごめん。僕は、きみのことわかんなくって」

「いいんですよそんなの。わたしのことは忘れちゃってください。だってそうしたら、一回しかできない初めての出会いを、何回だってできるじゃないですか。それってすごく素敵ですよね」

キーを挿してペダルを踏む。頼りないバイクのエンジン音がブオンと唸り声を上げた。

「いってらっしゃーい」

三浦さんの声を聞きながらアクセルを開く。

ゆっくり動く車輪。徐々に速度を速めて、小さなバイクはわたしたちを連れていく。

もたれかかったぬくもりが背中越しに伝わってきた。

空は薄闇だ。もうすぐ、宇宙が透ける色に変わる。

「ねえ、セイちゃん」

「何」

「これって、ふたり乗りしてもいいやつ?」

「だめなやつ。おまわりさんに見つかったらタイホだ」

「悪いことするなあセイちゃん。僕を誘拐するし、道路交通法やぶるし」

「大丈夫。事故は絶対起こさないから。もし起きても死んでもハナのことを守るよ」

「セイちゃんが死んじゃったら僕はとても悲しむよ」

「じゃあ死なない。自分も一切無傷で、ハナのことを守る」

馬鹿だなって自分でも思った。

でも、そんな馬鹿なことを、本当にやれちゃうような気がしていた。きみのために、なんにもできないわたしが。きみのためなら、なんだってできるような。今だけは本当に。

ぎゅ、と、ハナの腕がわたしのお腹を抱き締めた。背中で、小さな声がした気がしたけど、うるさいエンジンの音で聞こえなかった。ありがとうと、言われたような。でも、たぶんそれは、空耳だったんだと思う。


お母さんから聞いていた道筋を思い出しながら進んだ。空はすっかり暗くなって、民家も少しずつ減っていく。わたしたちの住む街も決して都会とは言えないけれど、この辺りはそこよりもずっと田舎に近い場所だった。

もうここは知らない町だ。随分遠くまでやってきた。だけど不思議と不安はない。ここが世界の果てだとしても、今なら何も、怖くなんてなかった。

他に誰もいない交差点で、赤信号で止まっていた。街灯も少ないからかわたしたちの街よりも星が多く見える。エンジンの音だけが聞こえる、静かな夜だった。

「ねえ、ハナ」

なんだか久しぶりに声を出した気がした。

「ん」と返事は後ろからくる。

「わたしのこと、忘れたくない？」

少しだけ間があった。答えに悩んでいるわけじゃなさそうだった。

「忘れたくないよ」

「そっか」

信号が青に変わる。わたしたちだけの交差点を、小さなバイクが進んでいく。暗くて静かな真っ直ぐの道。世界にわたしたちだけになってしまったみたいだと思った。星が瞬《またた》く。

「忘れたくないのなら、ずっと叫んでいればいいよ」

潮の香りが少しずつ漂ってきた海の近く。目的の場所はもうすぐだった。

「忘れないように、寝ている間だってずっと、大きな声で、叫んでいればいい」

星がどんどん数を増やす。夜空に浮かぶ白い光。

「こういうふうに、ずっと！」

息を吸った。

アクセル全開。風に逆らって、声を出す。

「僕の名前は芳野葩!!」

大きく響いた。どこまでも遠くへ。遮るもののない空へ。

「好きな子の名前は倉沢星!!」

その名前は、記憶は、どこまでも。

「ちょっと、セイちゃん!」

「こうして叫んでれば忘れないでしょ。ほら! 僕の名前は芳野葩! 好きな子の名前は倉沢星!!」

すれ違った車の人が、ぎょっとした顔でこっちを見ていた。だけどお構いなしに叫び続ける。わたしの名前と、きみの名前。

「僕の名前は芳野葩! 好きな子の名前は倉沢星!!」

バイクの音に掻き消されないよう、喉がかれるくらいに大きな声で。

刻みつける。どこまでも。きみの記憶に。確かな今に。

こつん、とメットとメットがぶつかった。

「セイちゃん」

「何!? 小さくて聞こえない!!」

「あは、ばかだなあ、セイちゃん」

小さな、笑い声が聞こえた気がして。

それからスウッと、息を吸いこむのがわかった。

「僕の名前は芳野葩!!」

ハナの声が響く。

「好きな子の名前は倉沢星!!」

遥か彼方。あの光る星の場所まで。

「その調子！　ハナ、もっともっと!!」

「もっと!?」

「もっとだよ！　星まで届くくらいに!!」

わたしたちの声は届いていく。

「僕の名前は芳野葩！」

「わたしの名前は倉沢星!!」

「セイちゃんは叫ばないでいいんじゃないの？」

「いいじゃん別に。ハナが好きなのはわたしー!!」

「やめてよセイちゃん、恥ずかしい！」

「恥ずかしくない！　ほんとのことだ！」

何度も何度も、ふたりで叫んだ。

「僕の名前は芳野葩！　好きな子の名前は倉沢星!!」

ときどきお腹の底から笑いながら、夜の道でふたり、永遠に続く空に向かってその名前を叫び続けた。

道は途中から舗装《ほそう》されていなかった。わたしたちは原付を降りて、草が踏まれてできただけの道の上を進んでいく。

その丘は随分高かった。ところどころに立った街灯が、上へ上へと誘っている。先があまり見えない暗さで、どこが頂上かもよくわからない。それでもわたしたちは手を繋いで、灯りの示す先へ向かった。

丘を登っている間は、わたしもハナも喋らなかった。その代わりにいろんなことを考えた。

自分のこれまでの日々のこと。そしてハナと出会ってからの毎日のこと。変わっていく景色。気付いたいろんなこと。これからも一緒に生きていくだろう、大切な人たちの笑顔。

少し先の灯りの下に、頂上を示す看板を見つけた。駆け出したい気持ちを押さえながら、一歩ずつその場所へ歩いて行って。そこに立ったところで、ふたり揃って息を呑んだ。

見渡す限りの、足元を染める淡い秋の花。そしてそれを照らし出す、夜空に浮かぶ数えきれない星。

「綺麗だ」

ハナが零した声に、返事をすることさえできなかった。圧倒されていた。

見たこともないような数の星と、丘を埋め尽くした星の数ほどのコスモスに。

風がふわりと駆け抜ける。少し散った花びらが、暗闇をまた鮮やかに飾った。

そこは、わたしのアルバムにあったあの思い出の丘だ。ハナを必ず連れていこうと決めていた場所。

「もっと奥へ行こう、ハナ」

「ん、そうだね」

わたしたちは花を踏まないように、ゆっくりと花畑の中へと入っていった。膝から下は鮮やかな花に埋もれている。夜の闇で見えにくい分、まるで紫色の海にでも浸《つ》かっているみたいだって思った。

空は、どこまでも広がっていた。数えきれないほどの星は、あんなに遠いのにすぐ近くにあるような気がして。ゆっくりと手を伸ばす。それでも手には掴めない。

初めて来たあの日から背は随分伸びたのに、それでもまだ掴むことのできない星。

「綺麗だね」

もう一度、ハナが言った。

「うん、綺麗だね」

今度は答えることができた。

「ここを、ハナに見せてあげたかった。連れていこうって決めてたから」

「ん、ありがとう。すごくうれしい。来られてよかった」

「うん」

ハナはずっと空を見上げていた。遥か彼方で光る星。そこに何を思っているのか。

「そうだハナ、写真撮ってあげるよ。撮れるかわかんないけど」

抱えて持ってきたパンパンのカバンから、重たいカメラを取り出した。夜に写真を撮る方法も本で読んではいたけれど、上手くいくかは自信がない。

「撮れるかわかんないの？」

「超初心者だから」

「僕が撮ろうか？　セイちゃんが写ってたほうがうれしいでしょ」

「やだ。わたしがハナを撮りたいの。撮れるかわかんないけど」

困った顔のハナを置いて、わたしは少し距離を取る。

覗いたファインダーの中。切り取った小さな四角の中には、花があって、星空があって。そして、きみがいた。

シャッターを押すのを少しためらったのは、このままずっと、この世界を見ていたいと思ったからだ。

きみのいる景色。

「ハナ、笑って」

「笑ってるよ」

「もっと。ほら、1たす1は？」

ハナが笑う。シャッターを押す。

たった一瞬の世界が、ずっと、止まったままで刻まれる。鮮やかな花。光る星。その中で、世界で一番綺麗に笑うきみ。

そっとカメラを下ろした。

ファインダー越しにじゃなく、きみを直接この目に映して、今度はわたしの記憶の中に、きみの姿を焼き付ける。

「……ハナ」

その笑顔を、いつまでわたしに向けてくれるかな。

きみはいつまでそうやって、心から笑っていてくれるだろうか。

いつまででも笑っていてほしいよ。ときには涙だって見せてもいいから。

「ねえハナ」

きみが心の声をそのまま表に出したいとき、わたしはいつでもきみのそばにいる。だからもう。

「忘れてもいいよ、ハナ」

だからもう、ひとりで震えたりしないで。

「セイちゃん？」

「忘れたっていいんだよ。わたしのこと」

「そんなの嫌だよ。僕は」

「いいんだよ。大丈夫」

ハナと真っ直ぐに向き合った。あの日、きみがわたしを見つけてくれたときと同じように。

でもあの日とはまったく違う。長くはないけど短くもない日々を、あれから一緒に生きてきた。

「消えたりしないよ。わたしがハナに会えたこと、ハナがいたからわたしが見つけたすべてのこと。ずっとなくならないそのことが、わたしとハナが一緒にいた証にいつまでもなるから」

そう、だって。わたしのお父さんとお母さんもそうだった。ふたりはもう、愛し合ったことを忘れてしまったけれど、ふたりが家族でいた証はちゃんと残っている。

わたしがいる。それが証。

消えたわけじゃない、なくなったわけじゃない。なくなることなんてない。

「わたしが憶えてるよ。ハナと出会った日の空も、ハナがくれた言葉も、ハナの笑顔も、涙も、ぜんぶ。いつまでも」

色鮮やかに憶えてる。忘れられるわけがないんだ。きみと出会って世界が変わった。見るものすべてが綺麗に見えた。

何も見えない真っ暗闇に、きみが光をくれたんだ。

ぜんぶ、きみがわたしにくれたものだから。

きみが、わたしの世界を変えたから。きみと出会って、世界ははじまった。

だから、ハナ。

「きみがくれたものすべてが、わたしにとっての宝物だよ。ハナ、きみのことも」

世界が終わって、本当に何もかもが消えてしまったとしても。いつまでだって、わたしは、きみのことを見失わない。

「だから怖がらなくていいよ。ハナの世界からわたしがいなくなっても、また、何度でも、わたしがハナを見つける。これからもずっと、わたしはきみといる」

そう、わたしの世界にきみがいるなら。永遠に続いていく。

はじまりを何度も繰り返して。終わったりしないように、いつでもきみだけを探して。

わたしはきみとまた出会う。

「それは、約束？」

ハナのくちびるがかすかに動いた。

そんな小さな動きはわかるのに、きみの表情は、暗闇の中でよくわからない。

「約束じゃない。そんな忘れたら消えちゃうようなもんじゃない。必ず見つけるよ。決まってる」

「でも僕は、きっといつかセイちゃんのことがわからなくなる」

「そしたら毎日はじめましてをすればいいだけ。もしも変な人だってハナが逃げても、わたしはどこまでも追いかけていくから」

「きみを知らない僕は、きみに冷たいことを言うかもしれないよ」

「そしたら怒ってなおさらハナを追いかけるよ。わたしのかわいさを、何回だって思い知らせてやる」

「きっとセイちゃんのほうが先に嫌になる」

「ハナはわたしを怒らせたいわけ？　そんなこと、あるわけないじゃん。だって」

――ザアッっと強い風が吹いた。伸びた髪が流れて、一瞬隠れたきみの姿。一面に、花びらが舞った。

心臓の音が、鳴り響く。

「わたしも、この世界でハナより大切なもの、見つけられないんだから！」

こんなにも、わたしの世界はきらめいたのに。それでも一番大事なのは、もう、きみ以外にありえないんだ。

おかしいよね。変だよね。大切なもので溢れているわたしの世界は、いつだってきみから光を貰ってた。

手を伸ばした先の星月夜。わたしの見上げた暗闇の星は、きっとこれからもずっと、きみであり続けるんだ。

ねえハナ。知ってるの。わたしがこんなに、きみを好きなこと。

「……そっか」

きみがわたしを忘れたって、置いていけはしないくらいに。この先どこへ向かったって、手放しなんてできないくらいに。

ハナが好きなんだ。

「セイちゃん」

落ちていく花びらの吹雪の向こうで。ハナがわたしを呼んでいた。今はまだきみの頭の中にいるわたしのことを。

「僕ね、きみと初めて出会った日のこと、憶えていないんだけど。でもこれだけは知ってるんだ」

今度ははっきり見える。星の光で、きみの顔が。

「僕はきみを初めて見つけたときから、きみのことが好きだった」

きっとこれからは、どれだけ遠くにいたって気付く。

「きみは僕の宝物」

小さな風の中で、ふわりと茶色い髪が揺れた。子犬みたいな柔らかな表情を、綺麗だなあと単純に思った。

「憶えてて、いつまでだって、忘れないで」

ハナと出会った瞬間を思い出す。大声で泣きたくなる。泣くことを忘れていた日だった。世界がすべて汚れて見えた。きみだけが綺麗だった。

わたしの見る世界で、きみだけが、色付いていたんだ。

「大好きだ」

あの日。きみがわたしを見つけてくれたみたいに、今度はわたしがきみを見つける。

ねえハナ。

だからいつまでもそうして、きみのままで。これから先もずっと、その姿のままで、きみはここにいていいから。

きみが笑いたいときに笑って、泣きたいときに泣ける場所。そこがどうか、わたしの隣であるように。

もしもいつかもう一度、きみが暗闇で膝を抱えて泣けずにいるなら。そのときこそはわたしが、きみの見上げる夜空の星になる。真っ暗闇を照らす、何より綺麗な星になる。

きみがそれを忘れても、きみがわたしに気付かなくても。きみがそれを、知らなくても。

だからひとりで泣かないで。わたしのそばで泣いて。そうして、一緒に笑って。

いつまでもそばにいる。

わたしがきみを見つける。

何度だって、また、きみと。

新しい出会いを、繰り返して――。

Epilogue

また今年も、冬服の季節が来た。梅雨の時期に夏服に着替えてから数ヶ月ぶり、二年生になってからは二回目の長袖ブラウスだ。

一度家に帰ったけれど、着替えずにそのまま家を出た。学校指定のカバンの代わりに、ようやく使い慣れたカメラを背負う。

歩き慣れた道はいつもと変わらないけれど、少し涼しげな風が吹くようになってきた。もうすぐ秋も深まる。変わりやすい天気がめんどくさいけれど、雨の日もそれはそれで楽しいと、わたしはいつか教えてもらった。

この距離も、もう長いとは思わなくなった。何度か原付で来たけれど、最近はまたずっと歩いてここまで通っている。

駅の近くの噴水の公園。夏に三回だけ綺麗な水を噴いてるのを見た。

今はまた、あんまり綺麗じゃない水が下のほうにふよふよ溜まっているだけだ。冬が過ぎればそのうちきっと、また涼しげに虹をつくるだろう。

〝そこ〟へ行く前に、カメラの準備をした。レンズの蓋《ふた》を開けて、一度ファインダーを覗いてみる。使い慣れはしても、相変わらず詳しいことはわかんなくて、手探りで好き勝手目に付いたものを写していた。

うん、今日も、カメラの調子いい感じ。

なんて、わかりもしないくせに呟いて、公園の奥へ入っていく。

続いていた石畳がそのうち終わって芝生が生えそろう場所に出る。最近はちょっと雑草も多い。でもかわいい花が咲いてたりするから、今の雰囲気も結構好きだ。

公園の奥には、何のためにあるのか知らないけれど小さな丘がぽつんとある。つまらなすぎて誰も寄り付かないその場所に。いつも、きみはいる。

──カシャ。

シャッターを切った。きみが振り向く。

ファインダー越しに見えた、ちょっと驚いた顔に、わたしはもう一度シャッターを切る。

──カシャ。

乾いた音がした。きみが、少しだけ微笑んだ。

「こんにちは」

「こんにちは、勝手に撮ってごめんね」

「いや、いいよ。僕も今、写真を撮ってたところなんだ」

きみの手にはいつものカメラ。そのレンズは、何度も何度もわたしに向けられたことがあるって、きっときみは知らないんだろう。

「こっちにおいでよ。ここからなら、綺麗な景色が見えるよ」

「うん」

丘を登る。そうしてきみの隣に立つ。

そこから見える景色は、きみと初めて見たあの日のそれと、何ひとつ、変わってはいなかった。

だけど違う。同じじゃない。あの日と違う色の空。違う風。違う楓の葉。少し背の伸びたきみ。新しい日々。

——カシャ。

ともう一度した音は、わたしのじゃなく、きみのカメラからだった。

悪戯気な顔のきみは「これでおあいこ」とわたしに笑う。

「僕はハナ」

少し短くなった前髪が吹いた風に揺れる。わたしの髪は反対に伸びた。本当は切りたいんだけど、前にきみが長いほうが好きって言ってたから、今もまだ切れないままだ。そんなこときみは知らないんでしょう。

いいんだよ、わたしが憶えてるんだもん。

「きみは？」


きみのことを、今もずっと。

きみが忘れてしまっても。わたしがきみを憶えてる。

きみの思いを、記憶を抱えて。

きみの中から消えていく日々も、ひとつひとつ、拾い集めて。大切に。いつまでも。

だから。

「わたしはセイ」

何度だってはじめよう。

きみとの出会いを、この先もずっと。

「よろしく、ハナ」

これからもきみと一緒に。

星の光るこの世界を、きみのそばで。


—END—

あとがき

こんにちは、沖田 円と申します。『僕は何度でも、きみに初めての恋をする。』をお手に取ってくださいまして、本当にありがとうございます。

WEBの片隅でひっそりと創作活動を続けて早数年になりますが、お気楽に好き勝手好きなことを書いているわたしにも、実はちょっとした目標のようなものがあります。それが『今わたしの作品を読んでくださっている方が、十年後もこの作品を読んでくれること』です。

誰もが『自分にとって宝物になる物語』を見つけてほしい。そして、わたしも誰かにそんなふうに思ってもらえる作品を書きたい、そう思って日々創作に向き合い、ごそごそ文字を綴っています。

今の若い子たちがいつかおとなになったとき、自分の子どもに読ませてあげたいと思ってくれたらいいな。そして今読んでくださるおとなの方々が、自分の子どもにも読ませたいと思ってくれたらいいな。そういう作品が書けたらいいな。そんなことを常々考えていたりします。

この『僕きみ』（と略してみました）は、確か初めは「一日しか記憶がもたない男の子」というイメージがぽっと浮かんだところから始まったと思います。そうして少しずつできた話です。少女と少年を出会わせて、その出会いから世界が綺麗に色付いていくような、そんな物語を書こうと思いました。

読んで、どう受け取るかは読者の皆さまに委ねます。どう受け取って頂いても構いません。皆さまが自由に感じてくださることがわたしにとって一番光栄なことです。

ただひとつ。最初にお伝えしましたが、わたしには小さな目標があります。この作品が十年後も読んでもらえるものであれば嬉しいです。誰かの小さな支えになれれば、いつかどこかの真っ暗闇で、小さな光になれたなら。セイとハナのふたりの日々が、誰かに宝物として大切にしてもらえたなら、そう願わずにはいられません。

最後に感謝の気持ちだけ。サイトでこの作品を読んでくださった皆さま。担当編集者さまをはじめスターツ出版の皆さま。世界一素敵な一冊に仕上げてくださったデザイナーさま。色鮮やかにセイとハナの世界を描いてくださったカスヤナガトさま。そして何よりここまでこの作品を読んでくださったあなたさま。

心から御礼申し上げます。本当に本当にありがとうございました。

二〇一五年一二月　沖田円

この物語はフィクションです。実在の人物、団体等とは一切関係がありません。

沖田 円先生へのファンレターのあて先
〒104-0031　東京都中央区京橋1-3-1　八重洲口大栄ビル7F
スターツ出版(株) 書籍編集部 気付
沖田 円先生

僕は何度でも、きみに初めての恋をする。

2015年12月28日　初版第1刷発行
2025年6月3日　第17刷発行

著　者　沖田円

発行人　松島滋
デザイン　西村弘美
DTP　株式会社エストール
発行所　スターツ出版株式会社
〒104-0031
東京都中央区京橋1-3-1　八重洲口大栄ビル7F
TEL　03-6202-0386（出版マーケティンググループ）
TEL　050-5538-5679（書店様向けご注文専用ダイヤル）
URL　http://starts-pub.jp/
印刷所　株式会社DNP出版プロダクツ

Printed in Japan

ISBN　978-4-8137-0043-2　C0193

君が落とした青空
櫻《さくら》いいよ／著
定価：本体590円＋税
──ラストは、
生まれ変わったような気分に。
「野いちご」
切ない小説
ランキング
第1位
君が落とした青空
櫻いいよ
付き合いはじめて２年が経つ高校生の実結と修弥。気まずい雰囲気で別れたある日の放課後、修弥が交通事故に遭ってしまう。実結は突然の事故にパニックになるが、気がつくと同じ日の朝を迎えていた。何度も「同じ日」を繰り返す中、修弥の隠された事実が明らかになる。そして迎えた７日目。ふたりを待ち受けていたのは予想もしない結末だった。号泣必至の青春ストーリー！
ISBN978-4-8137-0042-5　イラスト／げみ